마탑의 사서

양인산 판타지 장편소설

ORIGINAL FANTASY STORY & ADVENTURE

dream
books
드림북스

마탑의 사서 12 (완결)

초판 1쇄 인쇄 2018년 1월 16일
초판 1쇄 발행 2018년 1월 23일

지은이 양인산
발행인 오영배
기획 박성인
책임편집 황지희
일러스트 MJ
제작 조하늬

펴낸곳 (주)삼양출판사 · 드림북스
주소 서울시 강북구 도봉로 173
대표 전화 02-980-2112 **팩스** 02-983-0660
편집부 전화 02-980-2116 **팩스** 02-983-8201
블로그 blog.naver.com/dreambookss
출판등록 1999년 3월 11일 제9-00046호

ⓒ 양인산, 2018

ISBN 979-11-283-9275-7 (04810) / 979-11-313-0442-6 (세트)

드림북스는 (주)삼양출판사의 판타지 · 무협 문학 브랜드입니다.

ORIGINAL FANTASY STORY & ADVENTURE
양인산 판타지 장편소설
마탑의 사서
12
dream books
드림북스

목 차

Chapter 01

음모

프리실라 여제는 바올라 제국과 제이메드 왕국에 화해의 손을 내밀며 친화 정책을 펼쳐 나갔다. 그러나 그 정책은 얼마 가지 않았다. 바올라 제국과 제이메드 왕국에서 벌어진 사신단의 죽음이 다시금 전쟁의 불씨를 촉발시켰다.

　　최근까지 메이어 신성 제국에 불만을 품은 이들이 사신단을 습격한 것으로 보았지만, 새로 발견된 메이어 신성 제국 서기관의 기록에 따르면 이것은 모두…….

　　―『아이벤 대륙의 역사』中 발췌―

＊　　　＊　　　＊

메이어 신성 제국의 사신단이 습격 받았다는 보고를 가장 먼저 들은 것은 엘리즈였다. 그녀는 이 문제의 심각성에 대해 잘 알고 있었다.

"사신단을 습격한 자들은 여전히 알아내지 못했나요?"

"예, 황제 폐하."

마셀의 대답에 엘리즈의 표정이 어두워졌다. 조속히 사신단을 습격한 이들을 알아내려고 했지만, 어찌 된 영문인지 습격자들에 대해서는 전혀 알 수 없었다.

"제이메드 왕국에도 같은 사건이 발생했습니다. 제이메드 왕국에서는 갱들이 습격한 것이 아닐지 추측하고 있으나, 오리무중입니다."

"우연치고는 경이로울 정도로 동시에 일어난 사건이군요."

엘리즈는 관자놀이를 꾹꾹 눌렀다.

혹시 누군가가 일부러 벌인 일이라면 문제가 심각하다. 메이어 신성 제국이 제아무리 평화를 원한다고 해도, 사절로 보낸 사신단들이 양국에서 동시에 살해를 당했다면 이 문제를 좌시할 수 없는 것이다.

이미 마이셀 공작령의 국경 지역에 많은 병력이 집중되

어 있었다. 제이메드 왕국에서도 이 문제가 터졌으니 메이어 신성 제국은 제이메드 왕국에도 전쟁 명분을 갖게 되는 것이다.

'그렇다고 동부 전선의 병력을 다시 빼올 수 없는 노릇이고.'

최근 3년간 마이셀 공작령에서 병력의 수가 늘었다. 언제 전쟁이 터질지 모르니 징집한 이들도 있지만, 고향을 지키기 위해 자진 입대한 이들이 대다수였다. 그러나 동부 영지들의 병력 수만으로 그들을 감당하기 힘든 것도 사실이었다. 아덴 공작의 죽음으로 메이어 신성 제국의 동부 영지가 많이 위축된 것은 사실이지만, 병력을 끌어모은다면 바올라 제국보다 많은 병력을 모을 수 있었다.

병력의 수는 바올라 제국과 비등하게 끌어모을 수 있다지만 전선이 동부만 아니라 중앙 전선으로 확대된다면 병력을 양분해야 하는 위험성이 커진다. 어떻게든 전선이 두 개가 되는 것이니 한쪽이 뚫린다면 위험해질 수 있었다.

'그것은 메이어 신성 제국도 마찬가지지만……'

그러나 동부 전선보다 중앙 전선이 더 위험한 것이 사실이다. 수도군이 동부 전선으로 도착하기도 전에 전쟁이 끝나 다시 수도로 돌아온 반면, 아국의 병력들은 대부분 동부 전선에 남아 있었다.

'저번 전쟁에서 양국의 차이점이라면…… 우린 최정예를 잃었던 반면, 메이어 신성 제국은 아직 최정예를 꺼내지 않았다는 점인데…….'

바올라 제국은 마법 병단과 황실 근위 기사들까지 대동하면서 전쟁을 벌였고, 많은 이들을 잃었다. 병력의 수가 부족해져서 어떻게든 인원수를 채웠지만, 전보다 질에서 밀리는 것은 사실이다. 그러나 메이어 신성 제국은 아직 최정예 병력을 꺼내지 않았다. 메이어 신성 제국의 최고의 병사들로 평가받는 '신성 군단'이 그 대표적인 예이다.

신성 군단에 대해 알려진 바는 적으나, 한 가지 알려진 사실은 프리스트, 성기사, 몽크로 이루어진 최정예 군단이라는 것. 신성 마법을 구사하는 이들이기 때문에 부상으로 죽는 수도 적다. 게다가 빨리 회복시켜 다시 전선에 투입할 수 있으며 전사자가 있어도 즉각 인원수를 채우기 때문에 불멸의 군단이라고도 알려진 곳이다.

말 그대로 신의 힘을 적극적으로 전쟁에 운용하는 군단. 역사적으로 신성 군단이 투입된 전투는 항상 엄청난 피가 흐르는 전쟁으로 번졌다. 다시금 전쟁이 터져 전선이 두 개가 된다면, 거리가 먼 동부 전선보다 중앙 전선에 신성 군단을 투입할 가능성이 컸다.

신성 군단이 투입되면 전보다 더 격한 전쟁이 될 것이다.

현 상황만 놓고 봐도 결코 좌시할 수 없는 문제였다. 제아무리 프리실라가 황제가 되었다지만, 그 나라의 군주인 이상 이 문제를 그냥 넘어가지는 못할 것이다.

"마셀 보좌관. 메이어 신성 제국에 이에 대해 해명하고, 적극적으로 수사하라 명했다는 것을 전하세요. 주범이 누군지, 누가 벌인 일인지 반드시 찾아내어 처벌할 수 있도록 하세요."

"예, 황제 폐하."

*　　　*　　　*

사신들이 정체불명의 이들에게 습격을 당해 다시금 전운이 감돌기 시작하자, 마이셀 공작령도 바쁘게 움직였다. 현재 메이어 신성 제국 측에서도 이와 관련해서 말이 많았다. 아직까지 국경에 있는 적들은 움직임이 많지 않지만 순찰이 강화되었다고 한다. 국경에 집중된 메이어 신성 제국군의 움직임을 주시하는 한편, 발렌은 이 문제에 대해 자작들과 회의를 했다.

"동부 전선은 어떻게 될지 모르나, 그들이 제이메드 왕국에까지 전쟁 명분을 얻게 되었으니…… 전선이 두 개로 늘어나게 될 겁니다."

"그렇겠죠?"

동부 전선과 중앙 전선. 두 개의 전선으로 나뉘면 병력을 양분해야 하기 때문에 더욱 힘든 싸움이 되는 것은 확실하다. 두 개의 전선 중 하나만 뚫리게 되더라도 수도가 위험해지기 때문이다. 그것은 메이어 신성 제국도 마찬가지만, 먼저 선공을 가할 수 있는 것은 메이어 신성 제국이다. 그들이 단순한 불미스러운 일로 생각하면 다행이나, 그것이 가능하다면 이런 회의 시간을 갖지도 않았다.

"동부 전선은 아마 비교적 안전할 겁니다."

"어째서죠?"

가장 신성 제국의 병력이 밀집한 동부 전선이 비교적 안전할 거라니? 발렌이 이해하지 못한 듯 고개를 갸웃거리자, 벨루나 자작이 그 이유를 말해 주었다.

"그들이 가장 두려워하는 붉은 악마가 있기 때문입니다."

"……?"

그러나 이유를 들어도 납득하지 못했다. 갑자기 악마 타령을 하고 있으니 무슨 소리인가 싶었다. 발렌이 의아해하면서 물었다.

"붉은 악마가 뭐죠?"

"마이셀 비전을 사용하면 눈동자와 머리색이 붉어지지 않습니까."

"그렇죠."

발렌은 고개를 주억였다. 마나 엔진을 3단계로 가속했을 때 머리와 눈동자가 붉게 되는 것이 특징이다. 그만큼 수명을 깎아 먹는 위험한 기술이지만, 전투에서는 강한 힘을 발휘했다.

"메이어 신성 제국은 영주님의 그 힘을 보고 겁에 질려 있습니다. 말 그대로 전쟁의 악마라 불리고 있지요. 그 때문에 영주님의 별명으로 사용한다고 합니다."

확실히 적국의 입장에서는 대영웅이 아닌 악마, 학살자로 보일 것이다. 충분히 납득 가능한 얘기였다. 만약 반대 입장이었다고 해도 마찬가지였을 것이다. 한 사람이 15만 명의 군대를 격퇴한 사건이니 말이다. 악마라고 불려도 손색이 없을 것이리라.

"영주님께서 도망치는 적들을 추격하여 그들을 최대한 섬멸하지 않으셨습니까. 당시 메이어 신성 제국군의 병사 한 명이 악마가 뒤에서 쫓고 있는 느낌이었다 말하여 그 별명이 붙게 되었다고 합니다."

그래도 발렌은 자신이 악마라고 불리는 것이 꺼림칙했다. 그러나 반대로 생각하면 긍정적으로 작용하는 부분도 있었다.

"악마가 동부 전선에 있으니 그들도 겁에 질려 제대로

싸우지 못하겠군요."

"바로 그겁니다. 전투가 시작되면 적들의 사기가 떨어져 아국이 더 우위에서 싸울 수 있습니다."

전쟁에서 한 명의 지휘관이라 할지라도 뛰어난 책략으로 적들을 섬멸하면, 적들은 그에 기가 죽어 전투 의지를 상실하고 만다. 아덴 공작의 일로 바올라 제국군이 계속 연패하면서 사기가 꺾이는 모습을 이미 봐 오지 않았던가. 아마 자신의 존재 그 자체만으로 그와 같은 효과를 적에게 주고 있는 것 같았다.

"하지만 그들을 무시할 수는 없죠. 그들에게 있어 최고의 무기는 빠른 정보 전달에 있으니까요."

회의장에 모인 이들 모두가 발렌의 말에 동의했다. 메이어 신성 제국은 정말 빠른 움직임을 보였다. 일일이 전령을 보내던 바올라 제국과 달리, 메이어 신성 제국은 대부분 마법 통신구를 적극 활용해 빠르게 명령을 전달하여 바삐 움직였다. 아덴 공작이 빠르게 움직여 아군의 후미를 공격하거나 일사불란하게 명령을 내릴 수 있던 것도 그 덕분이다.

"예, 맞습니다. 하지만 이제 그것은 크게 걱정하지 않으셔도 됩니다."

엔더크 자작의 말이다. 발렌의 시선이 그에게로 향했다. 엔더크 자작이 설명했다.

"메이어 신성 제국에게 있어 가장 큰 힘은 빠른 정보 전달에 있다고 판단, 황제 폐하의 명에 따라 연탑주님과 포드 공방장이 마도구를 개발해 둔 상황입니다."

"혹시 이건가요?"

발렌이 주머니에서 뭔가를 꺼낸다. 그가 꺼낸 것은 제이메드 왕국에서 셀터 상단에 있던 자에게서 탈취한 마도구였다. 이비 스톤이 박혀 있어 발리바나 연탑에서 만든 것임은 알고 있었지만, 마법 통신구와 비슷한 용도라는 것만 알고 사용 방법은 아직 잘 몰랐던 것이다.

"무전구를 이미 가지고 계셨군요."

"무전구요……?"

"예, 그 마도구를 말하는 겁니다. 마법 통신구와 비슷한 개념이라고 보시면 됩니다. 마법 통신구를 제작하는 것은 어려우며 가격도 비쌉니다만, 무전구는 가격도 싸고 성능도 좋습니다. 또한 마법 통신구와 달리 그것을 관리할 마법사가 필요 없지요. 크기도 작아서 숨기기 편하고, 방해 마법도 안 통합니다."

발렌은 놀랍다는 듯 그를 바라보았다. 메이어 신성 제국과의 전쟁이 어려웠던 것은 바로 그들의 방해 마법 때문이었지 않던가. 마법 통신구가 발전해 있다 보니 메이어 신성 제국은 방해 마법도 덩달아 발전되어 있었다. 그 때문에 군단끼리 제대로 연계를 펼칠 수 없었다.

"무전구는 현재 모든 대대급 부대에 몇 개씩 지급되어 있는 상태입니다. 메이어 신성 제국과 정보 전달에 있어 절대 밀리지 않는다고 자신할 수 있습니다."

그렇다면 그 문제는 해결된 상황.

발렌은 고개를 끄덕이고는 손으로 턱을 짚었다.

"그렇다면 정보전이 가장 중요한 문제가 되겠네요."

이제 누가 더 정보를 빨리 얻고, 빠르게 움직이고, 정확하게 예측하느냐에 따라 상황이 변하리라 판단했다.

"예. 또한 이제 예전과 달리 전쟁의 양상이 많이 변화될 겁니다. 모든 병사들이 가지고 있는 것은 아니지만, 바올라 제국은 병력의 절반 이상이 실린건으로 무장한 상태입니다."

"예? 이 나라의 병력들이 모두 사용해도 될 만큼 마정석 가루가 많나요?"

마정석 가루가 비교적 싼 편이라고는 하나, 그 많은 병력이 사용할 만큼의 수량은 아니었던 것이다.

"아무래도 따로 설명해 드려야겠군요. 이제 실린건을 사용할 때 마정석 가루를 사용하지 않아도 됩니다. 마정석 가루 대신 개량한 화약을 이용하고 있습니다. 아직 대형 실린더를 사용할 때는 마정석 가루가 필요하나, 좀 더 개량이 이루어지면 대형 실린더 또한 마정석 가루를 사용하지 않아도 될 겁니다."

"잠깐만요. 화약이요? 불꽃놀이를 할 때 쓰는 그것을 말하는 건가요?"

"그것과 무기로 쓰는 화약은 좀 다르지만, 맞습니다."

"그럼 백병전은 어떻게 하려고 그러죠? 몽둥이처럼 휘두르는 것에는 한계가 있을 텐데요?"

실린건을 그냥 휘두르기만 해도 몽둥이처럼 사용할 수 있다지만, 근접한 기병들을 상대할 때는 취약해질 수밖에 없다. 특히 방어성을 중시하는 바올라 제국과 달리 기동성을 중시하는 메이어 신성 제국의 기마병들은 재빠른 공격으로 아군의 빈틈을 누비고 다닌다. 그들에게는 더더욱 취약해질 수밖에 없었다.

"그 점은 걱정하지 않으셔도 됩니다. 대처하기 위해 현재 많은 전술이 개발되었고, 실린건에 검을 장착하여 백병전에서도 기마병들에게 밀리지 않게 했습니다."

"검을…… 장착해요?"

"예. 저번 전쟁에서 한 병사가 실린건을 쏠 시간이 없는데다 착용하고 있던 검이 부러져 어쩔 수 없이 실린건에 부러진 검날을 끈으로 묶고 싸웠는데, 꽤나 싸울 만했다고 합니다. 그 이야기를 듣고 착안해 포드 공방에 실린건에 검을

장착한 무기 개발을 요청, 성능을 시험한 결과가 긍정적이
었고 백병전에서도 큰 힘을 발휘할 수 있게 되었습니다."

"……."

"현재 바올라 제국의 군사 고문들은 앞으로 실린건을
사용하는 병사들이 주력 보병이 될 것이라 평하고 있습니
다."

"참…… 많은 게 변했네요."

고작 3년인데 변한 게 왜 이리 많다는 말인가. 전쟁은 시
대를 변하게 만든다고 하지만, 너무 많은 것이 변했다. 순
식간에 너무 많이 변해서 헷갈릴 정도다. 빠르게 변화하는
세상에 따라가질 못하는 느낌이었다.

"새로 보급된 전술 교본을 드리겠습니다. 새로 만들어
지고 변화한 것들이 다수 있으니 참고하시면 좋을 듯합니
다."

발렌이 고개를 주억였다.

*   *   *

엘리즈는 이번에 벌어진 사신단의 습격 사건을 수습하
고, 조사에 집중하고 있었다. 메이어 신성 제국에 이 일에
관해서 유감이라는 말과 함께 철저히 수사하도록 지시했다

고 전해 두었다. 그러나 메이어 신성 제국에서는 침묵으로
일관하고 있었다. 단단히 화가 났다는 듯한 모양새였다.

화친을 위해 갔더니 사신단이 불명의 습격자들에게 살해
를 당했다. 그것도 한 국가만이 아닌 양국에 보낸 사신단
모두가 말이다. 메이어 신성 제국의 입장에서는 두 국가 중
더 영향력 있는 쪽이 벌인 일이라 판단해도 이상하지 않았
다.

당연히 의심받는 쪽은 바올라 제국이었다.

"정말 난감하게 되었네요."

엘리즈가 한숨을 푹 내쉬었다. 마셀은 그녀의 말에 대답
하지 못하고 가만히 눈을 감은 채 고개를 주억였다. 그들은
어떠한 의견도 표하지 않고 있었다. 엘리즈도 곤란했다. 그
들이 얘기를 들어 주면 좋겠으나 계속 침묵으로 일관하니
답답할 노릇이다. 메이어 신성 제국의 귀족이나 황실도 바
올라 제국처럼 자존심이 강하기는 했으나, 그 정도가 너무
심해 보였다.

"황제 폐하께 한 말씀 올려도 되겠습니까?"

"예, 말씀하세요, 마셀 보좌관님."

"소신이 조심스럽게 추측하는 것입니다만, 메이어 신성
제국이 처음부터 노리던 것이라면…… 이렇게 상황이 흘러
가는 것은 충분히 납득이 됩니다."

"무슨 소리죠?"

이해하기 쉽게 풀어 설명해 보라는 듯 물어보는 엘리즈. 마셀이 설명한다.

"전쟁에 지친 자국민들을 위해 프리실라 황제가 에드워드 황제를 밀어내고 권좌에 앉았습니다. 명목으로는 백성과 나라의 평화를 내놓았습니다만, 그들의 목적이 처음부터 화친이 아니라 전쟁이었다고 생각하는 겁니다. 그리고 전쟁에 지친 자국민의 마음을 돌리면서 정당하게 다시금 전쟁을 일으킬 수 있는 방법이라면…… 사신단이 습격당하는 것이지 않겠습니까? 제가 알아본 바로, 이번에 온 사신단은 모두 에드워드 황제를 따르던 인물들이라고 합니다. 자신을 위협할 세력을 제거하면서 전쟁을 일으킬 명분도 얻는 것이니 그들에게 이득이지 않습니까?"

"그러니까 프리실라 언니가……."

"폐하, 그녀는 현재 타국의 황제입니다. 핏줄로 이어졌으나 호칭을 정정해 주시기 바랍니다."

마셀 보좌관이 서기관을 바라본다. 이 대화는 역사서에 기록된다. 서기관이 잠시 깃펜을 멈춘 것이 보인다.

"정정하죠. 그러니까 프리실라 황제가 처음부터 이 일을 위해 음모를 꾸몄다는 말씀인가요? 지금은 타국의 황제라지만, 이 나라의 황녀였던 그녀가 어째서 그런 일을 꾸민다는 거죠?"

비록 타국의 황제라지만 그녀가 이 나라의 황녀였다는 사실은 변하지 않는다. 그런 그녀가 특별한 불만이 없는 이상 이 나라를 공격할 이유가 어디 있겠는가.

"제 말도 어디까지나 추측에 불과합니다. 프리실라 황제가 벌인 일이 아니라, 전쟁을 계속하기를 원하는 귀족이 벌인 일일지도 모릅니다."

평화를 바라는 자도 있지만, 전쟁에서 이윤을 얻고자 하는 귀족들도 있기 마련이다. 진실은 그 누구도 모르나, 이 일로 인해 갑자기 분위기가 악화된 것만큼은 확실하다.

"황제 폐하!"

대전으로 누군가가 들어온다. 메이어 신성 제국에서 일어나는 일들을 총괄하는 정보부 참모이다.

"무슨 일이시죠?"

"현재 메이어 신성 제국의 신성 군단을 포함한 병력들이 데라마드 지역에 집결하고 있다는 첩보가 도달했습니다."

엘리즈의 눈이 커졌다.

"데라마드라면……?"

"메이어 신성 제국의 영토입니다. 제이메드 왕국의 국경에서 30킬로미터 정도 떨어진 지역입니다."

단순한 시위 행위라고 하기에는 신성 군단과 함께 다수

의 병력이 중앙 국경으로 집결하는 것이 너무나 수상하다.

"그들의 목적이 무엇인지 알아냈나요?"

"갑자기 비상 소집되어 집결하고 있다고 합니다. 전쟁을 준비하는 움직임이라 제이메드 왕국도 비상소집하여 남부 국경에 병력을 집중하고 있다고 합니다."

"……."

무거운 침묵이 이어진다. 결국 그들은 전쟁을 하고자 하는 것 같았다.

"결국 또다시……."

엘리즈의 표정이 어두워졌다. 많은 이들이 평화가 찾아오리라고 기대를 했지만, 결국 또다시 전쟁에 돌입하는 것이다. 대전 가득 무거운 침묵이 이어졌다.

*　　　*　　　*

"아국은 과거의 잘못을 인정하고, 화해의 손을 뻗었습니다. 하지만 그들은 화해를 위해 간 사신들을 습격하는 것으로 답했습니다."

프리실라가 직접 나와 관중들에게 이번에 벌어진 일들을 알린다.

"전쟁에 지치고, 평화를 원했기에 우리는 그들에게 화해를 요청했습니다. 하지만 그들이 벌인 짓은 그 어떤 곳에서도 용납할 수 없는 죄입니다. 바올라 제국은 휴전 협정은 물론, 국제법으로 정해진 '만국 사절단 협정 10개문' 까지 어겼습니다. 이대로 가만히 있으면 아국은 온 나라의 비웃음거리가 될 겁니다!"

법을 어기고, 아국의 자존심을 건드렸다는 사실을 관중들에게 알린다. 관중들이 술렁인다. 모든 이들이 분노에 차오르고 있는데, 프리실라가 관중들 중 한 사람과 눈을 마주쳤다. 그자가 갑자기 분노에 차오른 듯 소리치기 시작한다.

"이런 비겁한 녀석들! 역시 바질 녀석들은 믿을 게 안돼! 내 친인척들이 바질 녀석들에게, 붉은 악마에게 죽음을 당했다고!"

한 관중의 외침과 함께 주변이 더욱 웅성거리기 시작한다. 그 관중을 시작으로 모든 이들이 바올라 제국을 비하하며 욕을 하기 시작한다. 고작 한 사람의 외침이지만 주위에 퍼지며 모든 이들이 바올라 제국을 향한 적개심으로 불타오르기 시작한다.

군중심리. 한 명의 외침에 점차 그 적개심이 주위로 퍼져가고, 중앙 광장은 어느새 바올라 제국에 대한 적개심으로 가득해진다. 프리실라가 손을 번쩍 들어 올리자, 중앙 광장이 어느새 조용해진다.

"이 나라 백성, 그대들에게 묻겠습니다. 제아무리 적개심이 있다고는 하나, 평화를 위해 간 사신단을 습격한 것은 옳습니까, 옳지 않습니까!"

"옳지 않습니다!"

"그대들에게 또다시 묻겠습니다. 그들을 단죄하기 위한 명예로운 전쟁을 원하십니까, 비겁한 평화를 원하십니까!"

"명예로운 전쟁을 원합니다!"

모든 이들이 다시금 전쟁에 대한 열망으로 불타오른다. 프리실라가 소리친다.

"현 시간부로 다시 전시 체제에 돌입합니다. 또한 감히 아국을 능멸한 제이메드 왕국에 선전포고를 합니다!"

그녀의 외침과 함께, 메이어 신성 제국민들이 함성을 지른다. 전쟁에 대한 피로가 순식간에 사라지고, 다시금 열망에 사로잡힌다. 전쟁이 다시금 터졌다.

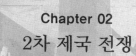

Chapter 02

2차 제국 전쟁

바올라 제국과 메이어 신성 제국이 휴전하고 얼마 지나지 않아 다시금 전쟁이 일어났다. 그러나 이전의 전쟁과 약간의 차이점이 있었다. 메이어 신성 제국은 바올라 제국이 아닌 제이메드 왕국에 선전포고를 하였으며 제이메드 왕국 공략에 집중하였고, 엘리즈 황제는 제이메드 왕국을 돕기 위해 병력을 출전시켰다. 한편 마이셀 공작이 있는 동부 전선은 두 제국 모두 별다른 움직임 없이 신경전만 오가고 있었다.

—『천 년 제국 바올라 2부』213p 발췌—

또다시 전쟁에 돌입하게 되었다. 그러나 이번에는 바올라 제국과 메이어 신성 제국만의 전쟁이 아닌, 제이메드 왕국도 포함된 전쟁이 되었다.

메이어 신성 제국의 중앙 국경 지역에 메이어 신성 제국군이 집결했다.

"공작 전하, 벌써 20만의 병력이 집결했습니다. 타 영지에서 병력을 보내오고 있다고 합니다."

발타 공작의 바로 옆에 붙어 있는 스벤 백작이 공작에게 보고한다. 제이메드 왕국과 국경을 접하고 있는 발타 공작령. 전황이 바쁘게 돌아간다. 수많은 병력이 집결한 것을 보고 그의 입이 도무지 다물어지지 않았다. 20만도 어마어마한 병력이다. 출정할 수 있는 영지의 병력은 지나칠 정도로 많은 수였다. 게다가 그 안에는 신성 군단도 포함되어 있었다.

프리스트, 성기사, 몽크로 구성되어 있는 군단. 신의 힘을 빌리고, 신의 이름으로 적들에게 정의의 철퇴를 내린다는 그 군단은 모든 국가에게 공포의 군단으로 여겨지고 있다.

"꽤나 믿음직스럽군."

이번에 제이메드 원정군 사령관으로 발탁된 발타 공작. 그가 아군을 보고서도 침을 꼴깍 삼켰다. 저 군세면 적들도 보고 두려워할 것이다. 특히 신성 군단의 위세는 보통이 아니다. 그들은 아직 전장에 투입되지 않으면서도 군기를 유지하고, 신앙 활동도 하고 있었다. 대기하고 있는 병력뿐만 아니라 일반 영지민들에게도 찾아가 포교를 했다.

그들의 무서운 점은 바로 그것이다. 자국민들도 무서워할 만큼 신앙심이 깊다는 것이다. 그들은 죽음을 두려워하지 않고, 신앙심만으로 만족하지 못한다. 신을 위해 바쳐야 한다며 육체까지 단련한 이들이다. 오직 알테미아를 위해 움직이고, 알테미아만을 따른다.

알테미아가 강림하여 신성한 땅이라 말한 메이어 신성 제국. 이 신성한 땅을 침공한 자도 알테미아의 적이라 판단하며 같은 종교를 가진 이라고 할지라도, 잔혹하게 돌변하는 것이 신성 군단.

그들이 어떤 힘을 발휘할지 기대가 된다는 듯 바라보고 있던 그때였다.

"공작 전하."

한 병사가 지휘소 안으로 들어왔다.

"황제 폐하께오서 행차하셨습니다."

"뭐라?"

지금 자신이 잘못 들은 건가 싶었다. 황제가 이곳에는 어째서? 그가 그런 의문을 표할 때, 지휘소 안으로 누군가가 들어왔다. 금발의 에메랄드빛 눈동자. 이번에 황제가 된 프리실라 황제였다.

"황제 폐하!"

발타 공작은 프리실라가 직접 행차한 것을 보고 놀라 다급히 부복했다. 설마 그녀가 직접 이곳에 찾아올 줄은 몰랐던 것이다.

"일어나도록 하세요."

프리실라의 말에 발타 공작이 천천히 일어난다. 그녀가 미소를 짓는다.

"여긴 어인 일이십니까?"

"저도 이번 원정에 함께합니다."

"예?"

황제가 참전하는 게 이상한 것은 아니다. 바올라 여제만 해도 직접 전투에 참여하지 않았던가. 그렇다고는 해도 그녀도 전쟁에 함께할 줄 예상하지 못해 그가 어리둥절한 표정이었다. 바올라 제국과 다르게 메이어 신성 제국은 건국된 이래로 황제가 직접 출정한 적이 단 한 번도 없었기 때문이다.

"황제 폐하. 외람된 말이오나, 어찌하여 위험한 전쟁에 직접 참전하시려는 겁니까?"

"그들에게 신의 철퇴를 내리기 위해서이지요."

모범적인 답변이다.

"제가 같이한다고 하여 어려워할 것 없습니다. 제이메드 왕국과의 전쟁에서는 대부분 제가 작전을 짜겠으나, 바올라 제국과의 전쟁이 시작되면 그대의 뜻대로 작전을 펼치도록 하세요."

그 말에 발타 공작의 눈이 커진다. 바올라 제국을 잘 아는 그녀가 바올라 제국을 상대로 작전을 짜는 쪽이 더 효율적이지 않은가.

"황제 폐하께서 직접 지휘하지 않으시고 어찌하여 제게……?"

"발타 공작이 바올라 제국과의 전쟁에서 승리에 일조할 공신이 될 것임을 알고 있으니까요."

발타 공작이 감격스러운 표정으로 그녀를 바라보았다. 아덴 공작의 그늘에 가려 자신은 주목받지 못했는데, 그녀는 자신을 신뢰하고 있다고 하니 어찌 감격스럽지 않을 수 있을까!

"한데 직접 참전하는 것은 위험하지 않겠습니까? 소문으로는 제이메드 왕국이 바올라 제국에게 손을 뻗고 있다고 합니다. 적들이 황제 폐하를 노릴 수도 있지 않습니까?"

바올라 제국이 침공했을 때도 마찬가지였다. 아덴 공작의 함정에 빠져 바올라 제국군은 엄청난 피해를 입었으며 엘리즈 여제가 이끄는 군단은 위험에 빠졌었다. 그 과정에서 엘리즈 여제는 붙잡힐 뻔했다. 전장은 항상 위험을 동반한다. 특히 그 속에 한 나라의 군주가 있다면 잘 풀리던 전황이 꼬일 수도 있었다. 발타 공작은 그것을 염려하고 있는 것이다.

"제 몸은 제가 알아서 간수하니 걱정하지 않아도 됩니다. 게다가 황제가 직접 참전하는 것만으로 병사들에게 사기를 크게 불어넣으니 승기를 잡기에도 좋겠지요."

확실히 황제가 참전한다는 이야기만 전해져도 사기는 하늘을 찌를 것이다. 이 나라를 이끄는 군주가 자신들처럼 전쟁터 속에 함께 고난을 나눌 테니 말이다.

"또한 제가 전장에서 사로잡히거나, 죽을 각오도 없었다면 선전포고도 하지 않았을 겁니다."

발타 공작은 그 말에 놀란 얼굴로 그녀를 바라보았다. 그녀는 기사가 아니다. 또한 마법사도 아니다. 그럼에도 기사보다 더 명예를 아는 발언을 하고 있다.

'바올라 제국이 천년의 제국이라 불린 이유를 알겠구나.'

비록 지금은 이 나라의 황제가 되었지만, 바올라 제국의 황녀였던 그녀는 메이어 신성 제국 황실의 사람과 다른 생각을 가지고 있었다. 분명 엘리즈 여제가 저번 전쟁에 직접 참전한 것도 이런 이유가 있을 것이라 판단했다.

"반드시 황제 폐하께 아국을 능멸한 제이메드 국왕의 목을 바치겠습니다!"

발타 공작이 절도 있게 메이어 신성 제국의 기사식 예를 취한다. 그 모습을 보고 프리실라가 만족스러운 듯 웃었다.

*　　　*　　　*

정보는 빠르게 대륙 곳곳으로 퍼져 나갔다. 바올라 제국은 메이어 신성 제국이 제이메드 왕국으로 병력을 집중시키자 곤란할 수밖에 없었다.

"정말로 전선이 두 개가 생기겠네요."

발렌은 바올라 제국 영토의 지도를 펼쳤다. 메이어 신성 제국의 기존 병력은 동부 전선에 있지만, 만만치 않은 병력이 제이메드 왕국으로 향하고 있었기 때문이다. 그 숫자가 무려 20만이 넘는다고 하니 기가 찰 노릇이다.

"동부 전선에 있는 병력을 나누기도 벅찬 상황이네요."

동부 전선의 적들은 여전히 남아 있다. 그들의 숫자도 30만가량 된다고 알려져 있다. 그 많은 수의 병력에 대항하기 위해 이쪽에도 30만의 병력을 주둔시켜 놓았다. 그들은 대치하고만 있을 뿐, 아직 별다른 움직임이 없었다. 누가 먼저 공격할지 망설이고 있는 상황. 세 자작들은 발렌과 함께 지도를 바라보고 있었다.

"확실히 난감한 상황입니다. 적들이 제이메드 왕국을 점령한다면 세인브리트가 위험해집니다. 또 황제 폐하께서 10만의 병력을 차출해 세인브리트로 집결시키라는 명령을 내리셨습니다."

이곳에서 10만 명이 빠지면 20만 명으로 30만 명의 적과 마주해야 한다는 문제점이 있었다. 그러나 병력을 빼지 않는다면 수도가 위험해진다. 그리고 중앙 전선 국경에 병력을 배치하려고 하고 있었다. 그들이 세인브리트로 오기 전에 중앙 전선에서 미리 막으려는 것이다.

"벨루나 자작은 서둘러 10만을 빼서 수도로 보내도록 하세요."

"그래도 괜찮겠습니까?"

벨루나 자작이 정말 괜찮겠냐고 묻는다. 발렌은 문제가 있냐는 듯 바라보았다. 그렇게 하기 싫어도 황제의 명령이 아닌가. 따를 수밖에 없는데 괜찮겠냐고 묻는 그를 이해하지 못했다.

"적들이 아국의 병력이 더 적다는 것을 알면 밀고 들어오려고 하지 않겠습니까?"

원초적인 생각이다. 누구나 그렇게 생각할 것이다. 병력이 적으니 이쪽이 더 불리하다고. 그러나 발렌은 자신들이 불리하다는 생각이 들지 않았다.

"제가 있는데 무슨 걱정이세요?"

"……."

벨루나 자작은 그의 말에 부정하지 못하는 듯 입을 꾹 다물었다. 그의 말이 옳았다. 발렌은 15만을 혼자서 상대해 격퇴한 적이 있다. 10만 명이 빠진다고 해도, 발렌 한 명이 그 몫을 충분히 할 수 있다는 계산이 나왔다. 무엇보다 적들이 가장 두려워하는 것도 바로 발렌의 존재이지 않던가.

"무엇보다 바올라 제국은 실린더, 실린건, 대형 실린더로 무장한 상태예요. 그들보다 전투의 체계가 한걸음 앞으로 나아간 상황이죠."

전군의 절반이 실린건으로 무장했다. 전쟁의 전술이 달라졌다. 발렌은 새로 보급된 전술 교본을 보고 바올라 제국의 전술이 많이 뒤바뀐 것을 느꼈다. 아루스가 생각해 낸 전술 운용법도 있었는데, 그대로인 것도 있지만 약간 더 보완하기도 했다. 무기와 전술이 더 앞으로 나갔다는 것은 그만큼 아군이 더 뛰어난 전투를 할 수 있다는 얘기였다.

"물론 아직 시범 단계이기에 너무 신용하고 과신하기에

는 이르지만, 분명 적들도 난해한 상황에 부딪치게 되겠죠."

새로 바뀐 전술은 적들을 당황시키고, 새로운 전술을 연구해야 하는 상황에 봉착하게 만들 수 있었다. 그 과정이 결코 쉽지 않고, 오직 경험을 통해 겪어야 한다는 단점이 존재했다. 그들이 파훼법이라든가, 여러 가지에 적응할 때는 이미 많은 피해를 본 후일 것이다.

"그래도 너무 무기를 과신하는 것은 아직 이르다 봐요. 그들이 제대로 싸우지 못하도록 저를 적극 이용하도록 하죠."

"무슨 말씀이신지……?"

"그들이 쳐들어오면 제가 앞장서서 그들에게 모습을 보이는 거예요. 그러면 적들은 두려움에 떨지 않을까요?"

"……."

아무도 그의 말에 부정하지 못했다. 이미 발렌은 메이어 신성 제국에 있어 두려움과 공포 그 자체가 아니던가. 그가 모습을 보이면 붉은 악마가 나타났다며 사기가 저하되어 전투 의지를 잃을 것이다. 알레하그라에서 그의 무위를 지켜본 이들은 공포에 떨 것이 분명했다.

"제 스스로를 이용할 수 있다면 마음껏 이용하도록 하죠."

자신을 이용할 수 있으면 이용한다. 그것이 저들을 막고, 안전하게 영지를 지킬 수 있는 방법이라면 백 번도 그렇게 할 것이다. 싸우지 않고, 유리하게 전투를 이끌어 갈 수 있다면 언제든 자신을 이용할 것이다.

* * *

제이메드 왕국, 남부 국경 베로 산맥 인근.

"마치 개미 떼를 보는 것 같군."

"저것들을 어떻게 박멸해야 할지 상상하기 힘들 정도야."

북부 영지의 티르말 공작과 남부 영지의 뱌게일 공작이 메이어 신성 제국군을 기가 찬다는 듯한 표정으로 바라보았다. 제이메드 왕국군은 메이어 신성 제국의 침공 계획을 밝히고 나서 거의 대다수의 병력을 남부에 집결시켰다. 티르말 공작도 마찬가지로 쳐들어오는 적들을 막기 위해 남부로 온 상황이다.

그들의 목표는 무역로라고 판단했다. 베로 산맥으로 둘러싸인 제이메드 왕국에서 포장된 길이 이어진 곳은 바로 이곳밖에 없었다. 이 나라를 둘러싸고 있는 베로 산맥의 높이가 어디 보통인가. 또한 보통 험준한 곳이던가. 그들은 무역로로 올 것이라 예상했고, 그 예상이 맞아 떨어져 많은 수의 적들이 무역로로 집결하고 있었다.

어마어마한 군세다. 중앙과 남부를 다스리는 제국답게 그 수도 만만치 않다. 바올라 제국과 메이어 신성 제국의 전쟁만으로 움직인 총 병력이 100만이 넘는다고 하지 않던가. 북부와 남부를 장악한 제국들답게 수부터 장난이 아니었다. 소문일 뿐이지만, 20만이 넘는 병력이 출정했다고 한다. 하지만 그들은 처음부터 난관에 봉착하게 될 것이다.

"이 나라는 지금까지 그 누구도 점령하지 못한 곳이다. 비록 적들의 수가 많다고 하나, 아국의 역사가 말해 주듯 결코 적들은 쉽게 이곳을 넘지 못할 것이야."

바게일 공작은 자신감에 차 있었다. 저들의 신성 군단과 압도적인 병력차는 확실히 두려운 존재이지만, 결코 이곳을 쉽게 넘을 수 없다고 자신했다. 그들의 침공 계획이 알려진 시점부터 제이메드 왕국은 이 무역로에 목책과 목성을 설치하여 적들을 맞이할 준비를 마쳤다. 좁은 길목이기에 저들이 이곳을 통과하기에는 많은 제한이 있을 것이리라.

"하나 방심하지 말아야 하네. 신성 군단이 직접 참전했다고 하지 않나. 불멸의 군단을 상대해야 하니 모든 일에 신중하게 대처해야 하네."

바게일 공작이 고개를 주억인다. 티르말 공작이 그에게
묻는다.

"적들의 공격 시기가 언제쯤이라고 예상하는가?"

"빨라도 내일, 늦어도 모레가 되지 않을까 예상하네. 그
들의 입장에서 시간을 끌어서 좋을 게 없을 테니까. 또한
이곳을 넘지 못하면 적들은 아국을 어찌하지 못하지. 희생
을 감수하더라도 반드시 차지하려고 들 걸세."

티르말 공작은 고개를 주억인다. 분명 갱단과의 다툼은
비교가 안 될 정도로 엄청난 전쟁이 될 것이다. 그러나 티
르말 공작과 바게일 공작만 아니라, 이 나라 백성과 병사들
에게도 조국을 수호하려는 의지가 있었다. 지금까지 제이
메드 왕국의 역사가 그래 왔듯이 수백만의 대군이 쳐들어
온다고 하더라도, 이 나라를 지키기 위해 모두가 나서서 싸
울 것이다.

티르말 공작이 적들의 군세를 다시 보며 피식 웃는다.

"적들은 분명 병력의 수가 많다고 하여 자신감에 차 있
겠지. 바올라 제국과 비교하면 초라하겠으나 그들은 머지
않아 우리가 바올라 제국처럼 만만치 않다는 것을 깨닫게
될 게야."

티르말 공작은 자신감에 차 있었다. 절대로 그들이 땅 한
뼘도 점령하게 둘 수 없다는 의지가 돋보인다. 그 자신감에

전염된 듯, 바게일 공작도 여유롭게 웃는다.

"그들은 지옥을 맛볼 테지. 자기들이 금방 삼켰던 에슐리아 공국보다 조금 큰 정도의 나라에 쩔쩔매게 될 테니까."

제이메드 왕국을 침공하는 데 앞장 설 메이어 신성 제국군의 사령관이 당황해할 표정이 머릿속에 그려졌다.

*　　*　　*

중앙 전선, 메이어 신성 제국의 지휘소. 발타 공작과 그의 참모, 신성 군단의 군단장과 프리실라가 모여 작전 회의를 가졌다.

"제이메드 왕국으로 통하는 길은 워낙 좁고, 적들이 목책과 목성을 만들어 돌파하기 까다로워 보입니다."

발타 공작의 참모가 지도를 펼친 채 현재 제이메드 왕국의 준비 상황을 보고했다. 제이메드 왕국을 공략하기 위해 지휘소에서는 작전 준비에 박차를 가하고 있었다. 제이메드 왕국은 자신들이 쳐들어올 것을 알고 이미 단단히 준비한 상황이었다.

"길이 얼마나 좁은 겁니까?"

프리실라의 물음에 참모가 곧장 대답했다.

"많아 봐야 2만이 통과할 수 있는 길입니다. 아군의 병력은 그에 10배가 넘으나, 협곡처럼 되어 있어 지리 특성상 2만 명씩 투입할 수밖에 없습니다."

"흠……."

대군이라는 자신들의 이점을 제대로 발휘하지 못하는 곳이다. 2만 명이라는 제한된 숫자로 어떻게 그들을 돌파할지 고민에 빠진다. 그들은 이미 방어를 단단히 한 상황. 또한 그들은 대군 앞에서도 사기가 저하되기는커녕 이곳을 수호하고자 하는 의지로 똘똘 뭉쳤다는 보고도 이어졌다.

제이메드 왕국은 늘 그래 왔다. 수많은 타국의 침략을 받았으나, 지금까지 자신들의 나라를 수호했다. 그중 압도적으로 많은 병력을 상대하고도 승전한 경험이 많았다. 그들에게 병력 수는 그저 숫자일 뿐인 듯했다.

프리실라는 가만히 눈을 감았다. 한참 후 그녀가 눈을 뜨더니 미소를 짓는다.

"그렇다면 우회하여 베로 산맥을 통과합니다."

베로 산맥을 통과하자는 말에 참모가 화들짝 놀라며 만류했다.

"이 많은 병력이 베로 산맥을 통과하기에는 위험이 너무도 큽니다. 첩보에 의하면 바게일 공작이 산맥 곳곳에 적들을 주둔시켜 놓았다고 합니다. 또한 눈사태가 자주 일어나는 곳이라 통과하는 데 많은 지장이 있습니다."

이미 적들이 베로 산맥 꼭대기에 주둔해 있고, 그들에게 발각당한다면 보통의 피해로 끝나지 않을 것이다. 설사 운 좋게 적들이 발견하지 못한다 하더라도 산맥의 꼭대기는 1 년 내내 추운 날을 자랑한다.

베로 산맥은 설산이다. 꼭대기 쪽에는 항상 눈이 쌓여 있고, 한여름에도 눈이 내리는 곳이었다. 또한 그 쌓인 눈 때문에 눈사태가 자주 일어난다. 눈사태가 일어난다면 아군의 다수가 싸워 보지도 못하고 전멸할 수 있었다.

"제가 직접 병력을 이끌고 베로 산맥을 통과하도록 하지요. 발타 공작은 적들의 시선을 끌어 주세요."

다른 이도 아닌 프리실라가 그 힘든 길을 가겠다고 하자 모두가 화들짝 놀란다.

"황제 폐하, 위험합니다. 소신이 가겠습니다."

"아뇨. 제가 직접 갑니다. 발타 공작은 이곳에서 적들의 시선을 계속 끌어 주시고, 우리가 이곳을 통과할 목적으로 왔다는 것으로 오인하도록 망설이지 말고 공격 명령을 내리세요."

왜 굳이 위험한 산맥을 직접 통과하겠다고 하는 것인가. 발타 공작은 이해할 수 없었다. 그러나 프리실라는 자신감에 넘치는 얼굴이었다.

"전쟁이 길어질 것을 대비해 월동 준비까지 하고 왔습니다. 아군의 보급품 중에는 월동 장비도 많이 있습니다. 그것을 입는다면 베로 산맥의 추위도 버틸 수 있을 겁니다."

지금은 한여름이다. 설마 한여름에 월동 장비까지 들고 왔으리라고는 상상도 못했다. 들고 올 보급품이 많았을 텐데, 그중에 월동 장비까지 챙기다니. 놀라움의 연속이었다.

"신성 군단을 포함해 4만을 이끌고 갑니다. 일주일 내로 베로 산맥을 통과, 곧장 수도를 공략하여 함락시키겠습니다."

고작 일주일 만에 통과하여 수도를 함락시키겠다고? 더더욱 말이 안 되는 소리다.

"제이메드 왕국과의 전쟁은 한 달 내로 끝나게 될 겁니다. 그들은 아무것도 하지 못하고 이 전쟁에서 패하게 될 겁니다."

어디에서 그런 자신감이 나오는지 모르겠다는 듯 발타 공작이 의미심장한 표정으로 그녀를 바라보았다. 그러나 아무도 그녀에게 이의를 제기하지 않았다. 오히려 그 말에 신뢰하는 듯한 얼굴이었다. 누군가는 기쁜 표정으로 두 손을 모아 감사하다며 하늘을 향해 기도를 했다.

'뭐지? 마치 신의 계시를 받은 성녀의 말을 들은 듯한 저 표정들은?'

단순히 황제에게 아첨하는 것과 다른 분위기다. 그들은 그녀의 말을 진짜로 믿고 있었다. 프리실라가 마치 성녀라도 되는 듯한 반응이다. 그녀를 따르는 사람이 많다는 것은 들었지만, 이토록 사람들의 반응을 본 것은 처음이었다. 그녀가 머리가 좋고 지혜로우며 선견지명이 뛰어나 마치 미래를 내다보는 것 같다는 소문은 들었지만, 너무 과한 반응 같았다. 그녀의 곁에 있는 이들은 모두 저렇게 반응하는 걸까?

"발타 공작은 어떻게 생각하시죠?"

프리실라가 발타 공작을 바라본다. 주위 반응이 마치 들어 주지 않으면 후회할 거란 표정이다. 주변인들 중 그의 편을 드는 사람보다 프리실라의 편이 더 많았다. 결국 참모처럼 옆에서 작전을 제시하는 것은 거짓말이고, 실상은 그녀가 이끄는 형식이다.

'후우, 차라리 이럴 거면 무엇하러 날 총사령관으로 임명하였는지⋯⋯.'

총사령관의 자리도 그저 허울뿐인 직함일 뿐. 발타 공작이 그녀의 의견에 승낙했다.

"황제 폐하의 뜻대로 하소서."

프리실라가 빙긋 웃는다.

"발타 공작은 작전이 성공하는 대로 총공격을 내려 이곳을 돌파하도록 하세요."

그녀는 지금 당장 출발하려는 듯 참모들에게 채비를 하
라 명했다. 그녀의 명령이 떨어지기 무섭게 함께 온 이들이
바쁘게 움직인다. 그녀의 얼굴에는 여전히 미소가 걸려 있
다. 그 미소가 어째서인지 살벌하게 느껴지는 발타 공작이
었다.

＊　　　＊　　　＊

나흘 후. 발타 공작이 이끄는 병력은 이곳을 돌파하기 위
해 병력을 몇 차례 출정시켰다. 그러나 그들은 여전히 무역
로를 돌파하지 못한 채 국경 밖에 갇혀 있었다.

"10만이든 20만이든 우리가 방어하고 있는 이상 함부로
뚫지 못할 게야."

티르말 공작은 또다시 후퇴하는 적군을 보며 크게 웃었
다.

"뭔가 이상하지 않나?"

"무엇이 말인가?"

"적들이 너무 사리는 것 같네."

바게일 공작은 뭔가 수상하다는 듯 말하고 있었다. 적들
의 공격이 매섭기는 하나, 어째서인지 소극적으로 싸우는

느낌이 강했다. 몇 차례 공격이 있었으나 처음을 제외하고 모두 소극적으로 공격했다.

"이곳을 돌파하기 위해서는 희생을 감수해야 할 테니 그런 것 아니겠는가?"

티르말 공작은 이상할 것 없다는 반응이다. 하지만 바게일 공작은 수상쩍다는 듯 계속 생각에 잠겼다.

'이곳을 돌파하기 위해서 희생을 감수해야 하는 건 어쩔 수 없으나, 희생을 치러야 하는 것을 알고 있으면 이렇게까지 소극적으로 나올 수 없을 텐데?'

무엇보다 더욱 수상한 건 그들이 신성 군단을 이용하고 있지 않다는 것. 모든 국가들이 무서워하는 것이 신성 군단인데, 그들은 어째서인지 신성 군단을 단 한 차례도 내보내지 않았다.

그들은 전투를 치르면서 입은 부상을 바로 회복할 수 있는 자들이 아니던가. 신성력을 몸에 두르고 있는 그들은 마치 좀비와도 같은 부대. 신성 군단이 입을 피해도 적잖겠으나, 계속 몰아붙이면 돌파하는 것이 가능하다는 얘기다.

'이곳에서 소극적으로 나서는 것보다 한 차례 강하게 밀어붙이는 게 피해를 덜 보는 방법일 텐데. 병력의 수는 이쪽이 훨씬 적다. 그 사실을 적들도 모르는 것이 아닐 터인데……'

그들이 뭔가 다른 계책이 있다고 밖에는 설명할 길이 없다.

"뭔가 찜찜해. 그들의 계략을 알지 못하니 더더욱."

잘 방어하고 있으나 이 불안감은 도무지 떨쳐 내지지 않는다. 티르말 공작은 옆에서 너무 크게 신경 쓰지 말라는 듯 웃는다. 그러나 그 웃음도 곧 멈추게 되었다.

"공작 전하! 큰일 났습니다!"

티르말 공작과 바게일 공작이 있는 지휘소에 전령이 찾아왔다. 전령은 수도에서 온 자였다.

"무슨 일인가."

"테셴이 적들의 수중에 떨어졌습니다!"

"그게 무슨 소리더냐?"

적들이 보란 듯이 저 앞에 있는데 수도가 왜 적들의 수중에 떨어진다는 소리인가?

"신성 군단을 포함해 총 5만의 병력이 우회하여 산맥을 넘었다고 합니다! 예상치 못하게 적들이 쳐들어와 아무런 준비도 하지 못해 반나절도 되지 않아 수도가 적들에게 넘어갔다고 합니다!"

"뭐, 뭐라?!"

설마 산맥을 통과할 줄은 예상도 못했다. 산맥의 고도가 어디 보통인가! 제이메드 왕국을 둘러싼 이 산맥은 아이벤 대륙에서 가장 높고 험준한 곳이며 한여름인 지금도 눈이 내리는 곳인 데다 산사태가 자주 일어난다. 아무런 준비도 없이 모든 위험을 감수하고 통과하려던 적들이 있었으나, 모두 실패로 돌아간 곳이다.

"산맥에 주둔한 병력들은 어찌하여 그들의 행렬을 발견하지 못했단 말이더냐! 그리고 왜 그들이 아무것도 못 했단 말이더냐!"

바게일 공작이 믿을 수 없다는 표정을 지었다. 혹시 적들이 산맥을 넘지 않을까 하여 천 명의 병력을 주둔시켜 놓았다. 고도에 있다 보니 적들의 움직임을 볼 수 있다. 또한 발견이 늦어져 즉각 싸운다 해도 10만의 병력이라면 충분히 상대하고도 남는다.

"그렇다면 국왕 전하는 어디에 계시느냐!"

혹여 그들에게 사로잡혔다면 위험하다. 수도에는 왕자와 공주도 있었다.

"다행히 왕실 사람들은 모두 대피했다고 합니다. 국왕 전하께서도 비밀 통로로 빠져나와 바올라 제국 국경 근처로 향하고 있다고 합니다."

모두 탈출했다고 하자 바게일 공작과 티르말 공작이 안도의 한숨을 내쉬었다. 불행 중 다행이다. 한 나라의 군주가 잡히는 것도 문제지만 왕자와 공주까지 붙잡히면 더 위험할 뻔했다.

"그리고 현재 테센을 점령한 적들이 수도에 소수의 병력만 남기고 이쪽으로 진군해 오고 있다고 합니다."

바게일 공작과 티르말 공작이 동시에 침음한다. 어찌 이런 일이 있을 수 있다는 말인가! 앞뒤로 포위된다면 오히려 불리해지는 건 이쪽이다. 후방에서 보급이 와야 버틸 수 있지, 보급이 오지 못한다면 그들은 가만히 포위만 해도 말려 죽을 수 있었다.

"이런 빌어먹을!"

티르말 공작이 으득 이를 갈며 주먹으로 나무 벽을 힘껏 때렸다. 적들이 자신들의 눈을 피해 설마 수도를 점령하리라고는 상상도 못한 상황이었다. 바게일 공작이 소리쳤다.

"티르말 공작, 병력을 온전히 하려면 그들이 후퇴한 지금 퇴각해야 하네! 지금을 놓치면 아국은 더 위험해지네!"

"자네는 어쩔 생각인가?"

"이곳은 내 영지네. 난 영지를 지키기 위해 싸울 것이네."

바게일 공작이 반드시 자신의 영지를 수호하겠다는 의지를 보였다.

"난 서쪽으로 우회하여 내 영지로 향해 국왕 전하를 보필할 터이니, 자네는 성으로 들어가 농성을 하여 끝까지 버터 주시게. 전열을 가다듬는 그 즉시 반격을 개시하여 자네를 구출하러 오겠네."

바게일 공작이 고개를 주억인다. 이곳 남부 영지는 바게일 공작령. 성이 하나가 남더라도 그곳에서 최후의 항전을 하면서라도 버틸 생각이다. 죽어도 자신의 영지에서 죽고, 살아도 이곳에서 산다.

"죽지 말게."

"그건 내가 할 말이네."

바게일 공작의 말에 그리 답하고 티르말 공작이 병력들에게 퇴각 준비를 하라 명했다. 예상치 못한 공격에 제이메드 왕국이 순식간에 위기 상황에 몰리고 말았다.

*　　　*　　　*

"역시 예상대로 적들은 중앙 전선을 돌파하려고 들고 있군요."

바올라 제국의 수도, 세인브리트. 황성은 현재 중앙 전선에서 메이어 신성 제국과 제이메드 왕국이 전투를 시작했다는 보고를 듣고 작전 회의를 하는 중이었다. 제이메드 왕국이 군사 통행을 허락하였으니 10만의 병력을 지원할 수 있다. 동부 전선에서 수도까지 오는데 강행군을 해도 한 달. 제이메드 왕국은 한 달이 조금 넘도록 북부를 지키면 된다. 그 후에는 바올라 제국도 합류해 싸울 수 있었다.

"동부 전선에서 적들의 움직임은 없나요?"

"예, 황제 폐하. 메이어 신성 제국은 동부 전선의 공격을 꺼리고 있다고 합니다. 동부 전선에 마이셀 공작이 있기에 중앙에 신경을 쓰는 것 같습니다."

그들에게 있어 발렌은 말 그대로 공포와 두려움의, 악마와도 같은 존재이다. 알레하그라에서 그에게 많은 병력을 잃은 경험이 있으니 함부로 나설 생각을 못하고 있으리라.

"그렇다면 동부 전선은 크게 신경 쓰지 않아도 되겠군요."

"예. 하나 너무 안이하게 생각해서도 안 됩니다. 첩보에 의하면 메이어 신성 제국은 마이셀 공작을 붙잡을 방법을 연구하고 있다고 합니다."

고작 단 한 사람을 어떻게 하려고 국가적인 차원에서 방법을 연구하다니. 정말 드문 일이 아닐 수 없었다. 그만큼 발렌을 주시하고 있다는 뜻도 되었다.

"만일의 일을 대비해야 합니다. 제이메드 왕국이 그들에게 완전히 점령당하고 아국으로 치고 들어오게 될 경우, 마이셀 공작을 불러들일 수 있도록 하는 것이 옳다 판단합니다!"

한 신료가 그리 외쳤다. 적들이 바올라 제국으로 들어올 경우 세인브리트도 위험에 처할 수 있었다. 제이메드 왕국은 메이어 신성 제국의 전략적인 요충지가 될 것이다. 10만의 병력이 빠르게 도착해 제이메드 왕국이 점령당하기 전에 지원을 해 줄 수 있으면 좋겠으나, 여의치 않으면 자국을 방어하는 데 치중해야 할지도 몰랐다. 그런 상황이면 메이어 신성 제국군은 바올라 제국의 영토로 들어온 상황이 된다. 그렇기에 또다시 발렌에게 손을 뻗고자 하는 많은 귀족들. 엘리즈는 그 말에 대답하지 않았다.

'그를 음해하려고 했던 이들이 이제는 이용하자고 하네.'

그의 행방을 알 수 없을 때는 황제의 자리를 위협할 수 있다며 음해하려고 일을 꾸미던 이들이, 이제는 그를 찾아 이용하려 한다. 엘리즈는 그들의 태세 전환에 기가 막혔으나 일부러 티를 내지 않았다.

"아뇨, 마이셀 공작은 동부 전선에 계속 남겨 둡니다."

"황제 폐하!"

"위기에 몰리려고 하니 그를 찾는 겁니까?"

직접적으로 말하지는 않지만 방금 그 말에 찔리는 이들이 몇몇 있을 것이다. 대부분 대소 신료들이 침음하며 아무 말도 못하고 있는 게 그것을 반증하고 있었다.

"제가 그대들에게 말했을 겁니다. 황실의 위엄은 군주가 직접 만드는 것이라고. 저는 그 말을 지키고 싶군요."

말싸움을 하고자 연 작전 회의가 아니기에 엘리즈는 여기까지 하기로 하고, 군 참모들을 불러 앞으로 작전을 논의했다.

그렇게 작전을 계획하고 논의하고 있는데, 밖에서 전령이 도착했다는 것을 알려 왔다.

"들라 하라."

"보고 드립니다, 황제 폐하! 제이메드 왕국의 수도인 테센이 적들의 수중으로 넘어갔다고 합니다!"

"그게 무슨 소리죠? 제이메드 남부 전선에서 적들을 붙잡아 두고 교전을 하고 있다고 들었습니다만?"

메이어 신성 제국의 거짓 정보를 첩보원이 문 것이 아닐까 의심하는 엘리즈. 그러나 전령은 거짓 정보를 가져다 준 것이 아니다.

"테센에 있던 첩보원이 직접 연락했다고 합니다! 메이어 신성 제국군의 5만의 병력이 우회하여 베르 산맥을 통과, 전투 준비를 미처 하지 못한 상황에 수도를 기습 공격하여 순식간에 점령하였다 합니다! 현재 테센은 그들에게 완전히 넘어갔습니다!"

주변이 순식간에 웅성거렸다. 설마 제이메드 왕국의 수

도가 그리 허무하게 점령당하리라고는 상상도 못한 것이다.

"제이메드 국왕은 어떻게 되었죠?"

"다행히 제이메드 왕실 사람들은 모두 탈출해 아국의 국경 인근으로 피란했다고 합니다."

엘리즈가 안도의 한숨을 내쉬었다. 국왕과 왕자들이 적들에게 붙잡혔으면 제이메드 왕국은 끝이 났을 테니까.

"혹시 10만의 병력이 도착하기 전에 북부 영지까지 점령당할 위기에 빠지면 즉시 아국으로 입국할 수 있도록 통행을 허락하세요. 그리고 만일의 사태를 대비해 중앙 영지의 병력을 최대한 모아 중앙 전선으로 집결시키도록 하세요."

"예, 황제 폐하!"

바올라 제국도 바쁘게 움직이기 시작했다.

Chapter 03
제이메드 왕국의 항전

동부 전선에서 마이셀 공작과 마주친 부대는 곧
장 교전을 피하고 후퇴하여 병력을 보전하라. 그와
마주친 부대는 즉각 마법 통신구로 그의 위치를 알
려 타 부대가 우회할 수 있도록 유도하라.

　　—메이어 신성 제국의 동부 전선 1호 명령서 中—

＊ ＊ ＊

동부 전선. 메이어 제국과의 국경을 순찰하는 발렌. 그는
며칠 전부터 야전에서 생활하고 있었다. 적들이 언제 쳐들

어올지 모르니 공격 시기를 가늠하기 위해 야전에 있는 것이다. 병사들은 계속해서 훈련을 하고 있었고, 발렌은 훈련하는 모습을 시찰하면서 적들의 움직임을 주시했다.

"말이 전쟁이지. 적들은 일절 들어올 생각이 없네요."

메이어 신성 제국군은 휴전 때와 별 차이가 없었다. 똑같이 순찰을 돌고, 국경에 병력을 배치하는 등 언제든 공격에 맞설 수 있게 단단히 준비하고 있었다.

"저들도 분명 수비적으로 나올 겁니다."

옆에서 같이 지켜보고 있던 엔더크 자작이 그리 말해 왔다. 마덴 자작도 같은 생각인 듯 고개를 주억였다.

"그렇다면 우리가 먼저 공격을 해서 일단 동부 전선의 병력을 줄여 놓을까요?"

동부 전선의 병력을 줄여 놓는다면 중앙 전선으로 더 많은 병력을 보낼 수 있지 않을까 생각하는 발렌. 그러나 마덴 자작이 고개를 저었다.

"황제 폐하께서 동부 전선은 공격보다 수비를 우선으로 두라고 하셨습니다. 전선이 하나였던 저번과 달리, 이번에는 두 개로 늘었으니 보급을 한 곳으로 집중시키기 위함인 것 같습니다. 거기다 동부 전선은 거리도 있다 보니 보급의 거리가 벌어지는 것을 염려하는 것 같습니다."

군대가 진군하기 위해서는 보급이 필요했다. 대부분 먼

저 선전포고를 한 나라들은 빠르게 적의 영토를 점령하고
는 하는데, 보급이 빠르게 되기 때문이다. 작은 나라라면
모를까, 메이어 신성 제국과 바올라 제국처럼 영토가 큰 나
라들은 적들의 영토로 깊숙이 들어갈수록 보급의 한계가
찾아온다. 그렇기에 영토가 넓은 나라는 적을 영토 깊숙이
유인하고 보급로를 차단하여 쉽게 섬멸하는 작전을 펼치고
는 했다.

"그렇군요."

발렌은 턱에 손을 짚으며 고민에 빠진다. 적들이 이곳에
쳐들어오지 못하는 이유는 자신 때문도 있지만 마찬가지의
이유가 아닐까 싶었다. 저번과 달리 전선이 두 개로 늘어난
만큼 메이어 신성 제국도 그만큼 부담을 안고 가야 할 테니
까.

빠르게 수도로 진격할 수 있는 중앙 전선을 택한 것도 전
쟁을 오랫동안 지속하기에는 자신들에게도 부담이 크기 때
문이리라.

"이제는 시간과의 싸움입니다. 누가 먼저 지치느냐, 피
해를 더 많이 입느냐, 전쟁을 유지할 수 있느냐에 따라 승
패가 결정될 겁니다."

발렌이 고개를 주억인다.

"저들이 먼저 쳐들어오지 않는 동안 우리는 언제든 적들

의 공격을 막아 내고 반격할 수 있도록 인원을 보충하고 군수품을 충분히 비축하죠."

"예, 영주님."

발렌이 언제든 적들이 쳐들어와도 승리할 수 있도록 만반의 준비를 명하는 순간이었다.

어질.

갑자기 머리가 핑 돌았다. 그가 몸을 비틀거리며 뒤로 쓰러지려고 한다.

"영주님!"

엔더크 자작이 화들짝 놀라 그를 붙잡았다.

발렌이 씁쓸하게 웃더니 괜찮다는 듯 손을 흔들었다.

"더위를 먹었나 봐요."

마이셀 공작령은 아열대 기후이며 이곳에서 나고 자란 이들이 더위를 먹는 경우도 심심찮게 보인다. 발렌도 제아무리 아크 위저드급 마법사라도 더위를 먹는 건 어쩔 수 없다고 생각했다.

"전선은 저희들이 지킬 터이니 영주님께서는 저택에서 쉬십시오."

마덴 자작이 갑자기 손수건을 건넨다. 발렌은 그제야 자신의 코에서 피가 흐르고 있다는 것을 자각했다.

"고마워요, 마덴 자작."

마덴 자작에게서 손수건을 받은 발렌이 코를 막았다. 그러던 와중 그의 주머니에서 미약한 진동이 느껴졌다. 그가 주머니에서 뭔가를 꺼냈다. 그가 꺼낸 것은 무전구였다.

[발렌, 잘 들려?]

무전구 너머로 이바나의 목소리가 들린다. 마법 통신구와 달리 상대의 모습을 볼 수 없고 오직 목소리만 들을 수 있는 무전구.

"예, 이바나 씨. 무슨 일이세요?"

[중앙 전선에서 심각한 일이 벌어졌어. 제이메드 왕국의 수도가 적들의 수중에 떨어졌대.]

"예? 그게 무슨 소리세요?"

발렌은 그게 무슨 말도 안 되는 소리냐는 표정이었다. 옆에서 듣고 있던 엔더크 자작과 마덴 자작도 놀란 표정으로 무전구를 주시한다.

제이메드 왕국에서 3년간 지낸 발렌은 그 나라가 타국에서 침공하기 얼마나 힘든 곳인지 잘 알고 있는 탓이다. 제아무리 바올라 제국이나 메이어 신성 제국이라고 하더라도 돌파하기 힘든 것이 바로 제이메드 왕국이다.

국경 주변이 온통 산맥으로 둘러쳐져 있고, 제이메드 왕국으로 통하는 길도 좁아 대군이라 할지라도 함부로 들어가기 힘든 곳이다. 그런데 전쟁이 시작된 지 얼마나 되었다고 벌써 제이메드 왕국의 수도가 점령을 당한단 말인가!

[5만의 병력이 산맥을 우회해서 바로 수도를 공격했다고 해. 어찌나 은밀하게 우회했는지 수도 인근에 와서야 적들이 영토 내로 들어왔다는 것을 인지할 수 있었대.]

그러니까 제대로 된 준비조차 하지 못한 채 공격을 받아 점령당했다는 의미였다. 발렌은 그래도 쉽사리 이해하지 못했다.

"5만의 병력이 움직이는데 어떻게 은밀하게 우회할 수 있죠?"

몇천 명이 움직여도 티가 날 수밖에 없다. 그런데 5만이나 하는 병력이 움직였는데 들키지 않았다는 건 문제가 컸다. 적들이 산맥을 넘어 우회할 병력이 있을 것을 예상해 매복을 해 두었을 텐데 말이다.

[그건 나도 잘 모르지. 나도 방금 막 들은 것을 너한테 전해 준 것뿐이야. 지금 황성에서도 이 문제로 보통 난리가 아니래.]

발렌이 침음했다. 설마 제이메드 왕국의 수도가 이렇게 빠른 시간 안에 점령될 줄 그 누구도 상상하지 못했을 것이다. 적들이 어떤 계책으로 돌파했는지는 모르지만, 분명 중대한 사항이다. 제이메드 왕국 내로 5만의 적군 병력이 들어갔다는 것은 결코 좌시할 수 없는 문제이다.

"일이 이상하게 꼬이고 있습니다."

마덴 자작도 이 문제가 얼마나 큰지 알고 있는 듯 고민에 빠진다. 주변이 일순간 침묵에 감싸였다. 발렌은 고민에 빠졌다. 만약 이대로 제이메드 왕국이 완전히 점령당하고, 적들이 중앙으로 치고 들어온다면 수도가 공격당할 위험이 생기는 까닭이다.

'중앙 전선에서 세인브리트까지 고작 열흘 거리다. 성도 고작 두세 개만 격파하면 된다.'

동부 전선에서 치고 들어온다면 산을 넘고, 협곡을 넘는 등 엄청난 거리를 이동해야 하지만, 중앙 전선은 수도까지 평야로 이루어진 곳이다. 게다가 세인브리트는 지금까지 그 어떤 국가에서도 침공하지 못한 곳이기에 서부와 동부 국경 쪽과 달리 요새가 적었다.

'지금 당장 텔레포트 게이트를 타거나 텔레포트를 써서 세인브리트로 이동해야 하나?'

잠시 고민에 빠져 보는 발렌. 그러나 지금 당장 그곳으로 가기에는 너무도 위험이 따랐다. 동부 전선은 단지 교전이 없을 뿐이지, 여전히 적들과 대치 중이다. 그들을 배제하기에는 위험성이 너무도 컸다.

'무전구는 먼 거리까지 닿지 않으니…….'

마법 통신구는 세인브리트에서 제이메드 왕국의 수도까

지 서로 연락을 주고받을 수 있지만, 무전구는 불가능하다. 그렇다고 마법 통신구를 쓰자니 메이어 신성 제국군이 세인브리트로 올 때쯤이면 이미 방해 마법으로 인해 연락을 주고받을 수 없는 상황이 되고 말 것이다.

'그렇다면 무조건 무전구로 연락을 주고받아야 한다는 건데……'

이곳에서 세인브리트까지 연락을 하려면 여러 영지들에게 전파하여 전달하는 방법이 있다. 그러나 그것도 위험하다. 기밀이 새어 나갈 수 있기 때문이다. 발렌이 수도로 이동한다는 소식이 알려진다면 동부 전선의 적들이 발렌이 부재중일 때를 노릴 것이리라.

'리티라면 어떻게 할 것 같아요?'

발렌은 고민하다 해결법이 나오지 않자 리티에게 조언을 구하고자 했다. 그러나 리티도 그와 마찬가지로 기발한 방법이 떠오르지 않았다.

『마찬가지로 생각이 깊어지는구나. 딱히 좋은 방법이 떠오르지도 않으니 답답할 노릇이다.』

발렌이 깊은 한숨을 내쉬었다.

*　　　*　　　*

제이메드 왕국의 수도인 테센에 메이어 신성 제국 황제의 깃발이 펄럭이고 있었다. 뒤늦게 테센에 도착한 발타 공작은 기가 찬 표정으로 황제기를 바라본다. 남부를 완전히 장악하고 테센에 도착한 그는 믿기지 않는 광경에 혀를 내둘렀다.

"어서 오십시오, 발타 공작."

먼저 테센을 완전히 점령하고 관리하던 프리실라가 그를 맞이해 준다.

그녀가 5만의 병력으로 우회하여 후방을 공격하겠다는 자신감을 보이기는 했으나, 정말 성공할 줄은 몰랐기 때문이다. 여기에 더 경악스러운 것은 우회한 5만 병력의 피해는 천 명이 채 되지 않는다는 것이다.

"황제 폐하를 뵈옵니다."

발타 공작과 그 뒤에 있던 참모들 모두 그녀의 앞에 부복한다.

"발타 공작."

"예, 황제 폐하."

"고생 많으셨습니다. 남부의 적들이 격렬히 저항하여 힘든 전투였다고 들었습니다."

발타 공작군은 말 그대로 결사항전으로 농성을 했다. 며칠이고 쉴 새 없이 공격하였는데도 필사적으로 저항하던 바게일 공작군. 발타 공작은 성 안으로 특수부대를 투입하여 성문을 열어 힘들게 점령할 수 있었다.

"바게일 공작군이 예상한 것 이상으로 저항이 너무도 심했던지라 예정보다 늦어졌습니다."

어찌나 격렬히 저항하던지. 무기가 없는 이들은 맨손으로 달려들었고, 남녀노소 할 것 없이 영지민들이 성벽 위로 올라와 힘을 보탰다. 심지어 성 내부로 진입해도 그 안에 있던 영지민들이 덤벼들었다. 그 때문에 예상보다 오래 교전을 하여 완전히 평정하는데 지체되었다.

"괜찮습니다. 원래 전장은 어떻게 될지 모르는 곳이 아닙니까."

프리실라는 다 이해한다는 듯 말했다. 발타 공작은 혹시 늦어진 이유 때문에 프리실라가 책망하면 어쩌나 했으나, 그런 기미는 전혀 없어 보여 다행이라고 생각했다.

"노고가 많았습니다, 발타 공작. 제이메드 왕국의 남부와 수도를 장악하였으니 이틀 간 병사들에게 휴식을 취할 수 있도록 하고, 서쪽과 동쪽으로 병력을 나눠 이동합니다."

"제이메드 국왕은 북쪽에 있다고 들었습니다. 왜 바로 북쪽으로 가시지 않는 겁니까?"

북쪽으로 이동하면 바로 국왕을 잡을 수 있을 텐데, 왜 굳이 서와 동으로 군을 나누어 분산시키는 것인지 이해하지 못하는 발타 공작. 국왕을 사로잡으면 제이메드 왕국과의 전쟁은 조기에 종결시키고, 바로 바올라 제국으로 갈 수 있다.

그 뜻을 모르는 바는 아니나 좋지 않은 방법이라 생각했다. 프리실라가 고개를 저은 뒤 입을 열었다.

"아직 제이메드 왕국에는 적들이 남아 있습니다. 우리가 북쪽으로 이동한 틈에 적들이 수도를 되찾으려 하거나 후방을 노릴 수 있으니 그 위협을 사전에 배제합니다."

발타 공작은 프리실라가 행동력이 있지만 한편으로는 신중한 사람이라는 것을 파악할 수 있었다. 확실히 북쪽으로 병력을 집중시키자니 후방이 위험한 것도 사실이다. 겨우 제이메드 왕국의 남쪽을 장악했을 뿐이다. 서쪽과 동쪽의 영지가 병력을 재정비할 시간을 주는 것도 위험한 건 사실이다.

"서부와 동부를 장악한 후, 북부로 바로 치고 올라갑니다. 바올라 제국군이 도착하기 전에 제이메드 왕국과의 전쟁은 우리가 승리하게 될 겁니다."

프리실라가 다시 한번 자신감을 드러냈다.

*   *   *

넬 도시에 있는 티르말 공작의 저택. 메이어 신성 제국과의 전쟁이 벌어지자, 넬 도시에 있던 상단들은 모두 철수했다. 그 덕분에 북적이던 넬 도시는 황량하게만 느껴졌다.

"결국 바게일 공작이 전사했군."

티르말 공작과 제이메드 국왕의 얼굴에 암운이 드리워져 있다. 자신의 영지에서 시간을 벌어 적들의 진군을 늦추려고 한 바게일 공작이 전사했다는 소식을 접했기 때문이다.

티르말 공작의 표정은 더욱 어두워졌다. 적들을 잡아 두고 있겠다고 한 바게일 공작. 그리고 빨리 재정비를 한 후 반격을 하여 구출하겠다고 말했는데, 작전을 펼치기도 전에 그가 전사했기 때문이다. 바게일 공작과 헤어지기 직전의 모습이 떠오른다. 그러나 지금 그가 할 수 있는 것은 이 나라를 지키는 것. 이미 남부는 메이어 신성 제국에게 모두 점령당한 상황. 적들의 진군이 무섭도록 빠르지만, 그들을 저지하는 것이 그의 목표이다.

"남부와 테센은 이미 적들의 수중에 떨어졌고, 이제 남은 것은 동쪽, 서쪽, 북쪽 지역이로군. 그대들이 생각하기에 좋은 작전이 있는가?"

제이메드 국왕은 앞에 펼쳐진 지도에 말을 내려놓는다. 적들의 위치를 파악하면서 앞으로의 작전을 묻는다. 하지만 이곳에 모인 참모들은 아무 말도 하지 못했다. 지도를 바라보며 여전히 고민에 빠져 있다. 적의 병력이 너무도 많다. 그들은 25만 가까이 되는 병력을 이끌고 왔다.

총 병력이 15만이 조금 안 되는 제이메드 왕국의 입장에서는 상대하기 너무도 까다로운 적이다. 게다가 이제는 15만도 아니다. 남부의 병력이 거의 5만에 육박했었다. 5만의 손실이 너무도 컸다. 모두 전멸당했는지 어떤지는 모르지만, 부디 살아서 계속 후방에 남아 적들을 괴롭히거나, 동부와 서부 영지에 합류했으면 하는 마음이 컸다.

"마법 통신구로 연락은 닿는가?"

제이메드 국왕이 묻지만, 마법 통신구를 관리하는 마법사가 고개를 저었다.

"여전히 불통입니다."

"크흠……."

마법 통신구는 예상한 대로 적들의 방해 마법으로 인해 사용이 불가능했다. 바올라 제국도 메이어 신성 제국과의 전쟁 때 적들의 방해 마법 때문에 연락을 할 수 없었다고 했다. 역시나 이번에도 마찬가지였다. 정찰병이 바삐 움직이며 적의 위치를 파악하고 전령을 통해 전달하는 것 이외에는 정보를 주고받을 방법이 없었다. 이렇게 적들의 움직임을 예상하며 작전을 펼쳐야 했다.

한동안 고민에 빠지는 참모들. 그런 와중 가만히 생각에 잠겨 있던 티르말 공작이 입을 열었다.

"국왕 전하, 제가 생각해 낸 두 개의 작전이 있습니다."

"무엇인가?"

모두가 어떻게 작전을 펼칠지 고민하고 있는 가운데, 티르말 공작에게 시선이 집중된다.

"적들에게는 두 가지 선택지가 있습니다. 이 선택지에 따라 제 작전도 두 개로 나누어 생각해 봤습니다."

"어서 말해 보게."

어떤 것이 먼저든 그들의 목표는 바로 이곳, 넬 도시일 것이다. 바올라 제국과 통하는 마지막 관문이라고 할 수 있는 넬 도시. 이곳만 장악하면 그들은 언제든 바올라 제국을 침공할 수 있는 것이다.

"저들이 곧장 넬 도시로 온다면 국왕 전하께서는 바올라 제국으로 향하는 겁니다."

"지금 과인에게 눈앞에 있는 적들을 놔두고 비겁하게 도망치라고 하는 것인가, 티르말 공작!"

제이메드 국왕이 자리에 벌떡 일어나 소리를 질렀다. 수도에서 긴급히 대피할 때도 내키지 않았다. 안 그래도 자존심이 박박 긁혔는데, 또다시 그런 기분을 맛보라는 소리인가! 다른 누구도 아닌 자신이 신뢰하고 명예롭다 생각한 티르말 공작이 그 말을 하니 화가 치솟아 오르는 기분이었다.

"전하, 냉정히 생각하셔야 합니다. 저들의 목적은 어찌 되었든 바올라 제국을 침공할 길을 만드는 것입니다. 그들 도 국왕 전하를 사로잡아 항복 문서를 받아 내는 것이 가장 큰 목적일 겁니다. 반대로 전하를 사로잡지 못한다면 아국 의 영토가 모두 저들의 손에 들어간다 하더라도 백성들이 언제고 들고 일어나 싸울 수 있습니다."

그 말대로다. 항복 문서에 서명을 한 순간 이 나라의 전 쟁은 끝이 나고 병사들이나 백성들 할 것 없이 사기는 곤두 박질을 치게 될 것이다. 어쩌면 속국화시켜 자기 마음대로 나라를 주무를지도 모르는 일이다. 그리 되면 바올라 제국 과의 전쟁에 이 나라 백성들이 화살받이가 될지도 모르는 일이다. 그것은 제이메드 왕국의 신념과 자존심을 완전히 박살내는 것과 다름이 없었다.

한 나라의 군주가 잡히면 모든 것이 끝이다. 그들은 어떻 게 해서든 잡으려고 들 것이다. 그들의 최종적인 목적은 바 올라 제국을 침공하기 위한 안전한 교두보를 만드는 것이 니까.

하지만 항복 문서를 받아 내지 못한다면, 전쟁이 끝난 것 이 아니다. 언제든 백성들이 들고 일어나 적들에게 저항할 수 있으며 나중에 바올라 제국이 승리하였을 때 이 나라에 다시금 되돌아올 수도 있었다.

"소인도 감히 전하께 이런 불경한 말을 올리기 정말 힘들었습니다."

티르말 공작가는 대대로 제이메드 왕국의 충신 가문이다. 과거부터 현재까지 왕실을 위해서라면 충언을 아끼지 않은 가문. 지금의 티르말 공작도 자신의 진실한 충신임을 모르는 바가 아니다. 그 사실을 누구보다 잘 알기에 제이메드 국왕은 이를 악물고 관자놀이를 꾹꾹 누르며 다시금 진정하려는 듯 자리에 앉는다. 아직 티르말 공작의 작전 하나를 듣지 못했다.

"그래서, 나머지 다른 하나는 무엇인가."

"나머지 하나는 그들이 동쪽과 서쪽을 공격하여 안전을 확보한 후 이곳으로 진군하는 겁니다. 그들이 만약 이 작전대로 한다면 되도록 병력을 양분하게 될 겁니다."

"어찌 그리 자신할 수 있는가?"

"그들은 아군의 병력이 재정비할 틈을 주지 않기 위해 빠른 시일 내에 진군할 겁니다. 게다가 그들의 병력은 20만이나 됩니다. 반으로 나눈다 하더라도 그 숫자가 만만치 않습니다. 그들이 병력을 양분할 때 수도를 점령한 적군을 섬멸하고, 곧바로 한쪽으로 병력을 집중시켜 후방을 치는 겁니다."

그의 얘기를 듣고 잠시 생각에 잠긴 제이메드 국왕이 묻는다.

"그들이 세 방향으로 병력을 양분해 포위하는 방법도 있지 않은가?"

"전하의 말씀대로 세 방향에서 공격하는 방법도 생각했으나, 그럴 가능성은 낮다고 판단했습니다. 수도에서 후퇴한 병력이 모두 북쪽에 집중되어 있으니 양분한 상태로 공격하지 못한다는 것을 적들도 알고 있을 겁니다."

북부의 병력만 해도 3만. 그리고 이곳으로 온 수도의 병력이 3만이 조금 안 된다. 약 6만의 병력이 버티고 있는 상태이니 그들도 함부로 나서지 못하리라 판단한 것이다. 공성을 해야 하는 입장에서 가장 최우선인 게 병력의 양이다. 안 그래도 불리한 싸움을 해야 하는 입장인데 병력이 비등비등하거나 적으면 오히려 그들이 불리해진다. 그렇기에 티르말 공작도 적들이 최선으로 할 수 있는 작전은 이 두 개가 타당하다고 추측한 것이다.

"그렇군. 저들이 병력을 둘로 나눈다면 우린 반대로 적들을 각개격파할 수 있다는 소리로군."

제이메드 국왕이 납득한 듯 고개를 주억인다. 마지막 작전이 제이메드 국왕의 성미에 맞았다. 적들에게 도망치지 않고 당당히 맞서 싸울 수 있는 작전이지 않은가! 또한 이 작전이 성공하기만 한다면 저들에게 반격까지 가할 수 있었다.

설령 반격을 하지 못하더라도 적들에게 큰 피해를 안겨 줄 수 있다. 그들도 큰 피해를 당하면 재정비에 나서게 될 것이고, 시간을 벌 수 있다. 버티고 버티다가 바올라 제국의 지원군이 온다면 이 전쟁에서 승리하게 될 것이다. 메이어 신성 제국의 가장 큰 적은 시간이다. 한 달 남짓만 버틴다면 반격의 교두보를 마련할 수 있으리라.

"국왕 전하, 전령이 도착했습니다."

"들라 하라."

전령이 다급히 회의실 안으로 들어왔다.

"무슨 일인가?"

"적들이 테센에 2만의 병력을 남겨 두고 동과 서로 병력을 나눠 진군하고 있다고 합니다!"

그 말에 제이메드 국왕의 얼굴이 밝아진다.

"신이 우릴 돕는구나!"

어두웠던 그의 얼굴에 화색이 돌았다. 가장 이상적으로 작전을 펼칠 수 있는 대로 그들이 움직여 준 것이다.

"프리실라 여제는 어디에 있느냐?"

"서쪽으로 이동했다고 들었습니다."

제이메드 왕국의 서부 영지는 지형이 험한 곳이 많은 곳이다. 적들을 한눈에 내려다볼 수 있는 고지가 많으며 또한 험준했다. 이 나라에 대해 잘 아는 자들이라면 일부러 험난한 곳으로 이동하지 않았을 테지만, 그들은 이 나라의 지리를 잘 모르고 있다. 그것을 적극 이용해야 했다.

"총공격을 감행해 테센을 빠르게 수복하여 서쪽으로 진군, 프리실라 여제를 사로잡는다. 내가 직접 출정할 것이다. 듣기로 메이어 신성 제국에 프리실라 여제가 함께하고 있다고 한다. 그녀를 사로잡아 우리가 항복을 받아 낼 것이다."

한 나라의 군주가 위험한 곳에 있는 건 제이메드 왕국이나 메이어 신성 제국이나 같다. 조건이 같다는 것은 충분히 해볼 수 있다는 얘기다.

"전하께서 직접 출정하신다니요. 위험합니다."

모두 그가 직접 출정하는 것을 말린다. 그러나 제이메드 국왕의 뜻은 확고했다. 자신이 전투 중 잘못된다 하더라도 왕세자가 아직 살아 있다면 이 나라의 명맥은 이어진다. 그들이 패하든 이쪽이 패하든 둘 중 하나밖에 없는 선택지.

"설령 과인이 적들에게 사로잡힌다 하더라도 절대 항복하지 않을 것이다. 또한 무모하게 구출하지도 말고 세자를 국왕으로 책봉해 나라의 대를 이을 수 있도록 하라."

제이메드 국왕은 절대 적들이 마음대로 자신의 나라를

유린하게 두지 않겠다는 의지를 표명했다. 죽음을 두려워하지 않는 그의 모습에 모든 참모들의 사기가 다시금 고개를 들었다.

*　　*　　*

제이메드 왕국 동부 영지의 첫 관문인 볼데어 성에 도달하기 하루 전이었다. 먼저 적들의 동태를 살피던 정찰병이 돌아와 발터 공작에게 보고한다.

"적들이 성벽 외곽의 모든 식료품을 성 안으로 들이고, 농성 준비를 하고 있습니다."

예상대로다. 정찰병이 자신들의 움직임을 보고하여 빠르게 농성을 준비하고 있다. 예기치 않게 갑자기 나타난 아군에 의해 테센이 점령당했으니 아군의 동태를 꾸준히 살피는 듯했다.

"알겠다. 가는 길에 매복해 있는 적들이 있을 수 있으니 주위를 항상 경계할 수 있도록 하라."

"예, 공작 전하!"

정찰병이 다시금 정찰을 위해 빠르게 앞으로 말을 몰았다. 천천히 진군을 명하던 찰나에 마법 통신구 관리 마법사가 그에게 다가왔다.

"공작 전하, 황제 폐하께서 연락하셨습니다."

발타 공작은 잠시 병사들에게 휴식을 취하라 명하고 말에서 내려 연락을 받았다.

"예, 황제 폐하. 부르셨습니까?"

[발타 공작, 현재 어디까지 진군하셨죠?]

"현재 동부 영지의 볼데어 성까지 하루를 남겨 두고 있습니다."

[그렇군요. 그렇다면 지금 즉시 테센으로 돌아가도록 하세요.]

"그게 무슨 말씀이시온지……?"

이제 하루면 도착하는 거리인데 돌아가라니? 그가 이해할 수 없다는 표정을 짓자 프리실라가 답해 주었다.

[지금쯤 적들은 수도를 되찾으려고 북쪽에 주둔하고 있던 병력을 출정시켜 성을 포위하고 있을 겁니다. 발타 공작은 적군이 성을 포위하면 그들을 포위하도록 하세요. 저는 즉시 진로를 바꿔 북부를 점령하겠습니다.]

그녀의 말을 들은 발타 공작이 경악했다. 프리실라는 사실 처음부터 이것을 노린 것이다. 그녀가 일부러 유인책을 썼다는 것을 생각하니 어찌 경악하지 않을 수 있을까. 적들이 성 주위를 포위할 때, 그 밖에서 또 포위를 하는 것이다. 그렇게 된다면…… 오히려 적들은 앞과 뒤가 가로막히

게 된다. 퇴각을 하고 싶어도 하지 못하게 될 것이고, 포위
망을 뚫어 내기 힘들어진다.

'엄청나구나. 상상도 못 했다.'

설마 적들을 속이기 위해 아군까지 속일 줄이야. 프리실
라의 작전에 감탄이 나올 수밖에 없었다.

"지금 즉시 정찰병들을 불러들이고 다시 말을 돌려라.
테센으로 돌아간다."

"예, 공작 전하!"

참모들이 고개를 숙이며 명령을 하달한다. 명령을 받은
병사들은 왜 왔던 길을 되돌아가는 것인지 이해할 수 없는
표정이지만 명령이 떨어졌으니 다시 뒤로 되돌아간다.

*   *   *

"완전히 적들의 함정에 빠졌구나."

제이메드 국왕이 허탈한 표정으로 뒤를 바라본다. 앞은
테센의 성벽으로, 뒤는 다수의 병력으로 막혀 있다. 자신만
만하게 테센을 탈환하기 위해 왔건만, 적들이 그들을 완전
히 포위했기 때문이다. 성내에는 여전히 백성들이 살고 있
으니 그들이 성문을 열도록 유도해 빠르게 점령할 생각이
었는데, 완전히 물거품이 된 것이다.

"적들의 병력이 너무도 많습니다, 국왕 전하. 퇴로가 완전히 막혀 갈 곳이 없습니다."

제이메드 국왕이 분한 표정으로 이를 아득 물었다. 처음부터 끝까지 적들의 손에 놀아났다.

"프리실라 여제⋯⋯!"

얼굴도 모르는 프리실라를 향해 분노를 터트리는 제이메드 국왕. 멀리서 포위하고 있는 적들은 포위만 할 뿐, 공격해 오지 않았다. 이대로 말려 죽이거나, 전열을 갖추고 치거나. 둘 중 하나일 것이다.

"티르말 공작."

"예, 전하."

"지금 당장 테센에 병력을 집중하여 빠르게 탈환, 저 안에서 농성을 하는 것이 좋을 듯하네. 당장 테센 탈환 작전을 명하네."

"전하. 진정하시옵소서."

뜻대로 되지 않고 위기에 처하게 되자 냉정히 생각하지 못하는 제이메드 국왕. 그가 내린 작전은 이곳에 있는 모든 병력이 죽음으로 향하는 지름길만 될 뿐이었다.

"그 작전대로 이행하는 것은 불가능합니다. 적들이 가만히 있지 않을 겁니다. 적군이 후방을 포위하고 있는 이상 섣불리 공격하면 오히려 더 위험합니다."

"큭!"

티르말 공작은 국왕이 냉정하게 이상적인 작전과 명령을 내릴 수 있도록 옆에서 격려해 주었다.

"마음을 가라앉히고 침착하게 생각하시옵소서. 전하께서 많이 혼란스러우신 듯하옵니다."

다시 생각해 보지 않아도 불가능하다는 것은 이미 알고 있었다. 제아무리 머리가 나쁜 사람이라도 지금 상황에서 공격은 무리라는 것을 잘 안다.

"미안하네. 잠시 과인이 정신을 놓았나 보군."

"아니옵니다, 전하."

"티르말 공작, 그대는 어찌하는 것이 좋다고 보는가?"

"저들의 포위망을 뚫어 최대한 빨리 북부로 다시 이동하는 것이 옳다 판단하고 있사옵니다."

적들의 수가 많은데, 포위망을 뚫는 것도 많은 부담이다. 제이메드 국왕이 물었다.

"이곳에서 얼마나 버틸 수 있겠는가?"

"식량의 사정만 볼 때는 3주는 넉넉히 버틸 만하옵니다. 아낀다면 한 달 넘게 버틸 수 있사옵니다."

혹시 테센 탈환 기간이 길어질까 봐 식량과 무기를 넉넉히 챙겨 온 티르말 공작. 그가 의문을 가진 듯 물었다.

"3주? 3주라……."

"한데 그것은 어찌하여 물어보십니까?"

"지원군이 올 때까지 버티는 것은 어떻게 생각하는가?"

서부는 적들이 향했고, 북부는 성을 수비하는 병력만 남겨 두었으니, 동부에서 이 소식을 접한다면 지원군을 보낼 수 있다고 판단했다. 그렇게 되면 반대로 자신들을 포위한 외부 병력을 감싸 안게 되는 형식이 될 테니, 전세를 끌고 나갈 수 있지 않을까 싶었다. 게다가 3주 정도 버티면 동부 전선의 바올라 제국군이 중앙 전선 쪽에 거의 다 도달했을 것이다.

식량을 아낀다면 한 달을 넘게 버틴다. 계속 버티면 바올라 제국의 지원도 기대할 만했다. 바올라 제국 측에서 보낸 지원군 수가 10만이다. 10만의 병력과 제이메드 왕국의 병력을 합치면 이 나라를 침공한 적들과 대적할 수 있으리라.

티르말 공작도 괜찮은 방법이라고 생각했다. 오히려 적들의 전술을 이용해 적들을 고립시키는 것이다. 그러나 도박성이 매우 짙은 작전임이 분명했다.

"좋은 방도이긴 합니다만, 그것이 더 위험한 일이라 사료되옵니다. 마법 통신구가 두절되어 사용할 수 없는 지금, 제대로 명령을 전달할 수 없으니 작전에 혼선이 오갈 것입니다. 만일 적들이 예상보다 빠르게 서부 영지를 점령하여 다시 병력을 이끌고 테센으로 집결하는 경우도 생각해 둬야 합니다."

티르말 공작이 염려하는 것은 바로 양분된 적들의 합류이다. 지금도 충분히 힘든 상황인데, 여기서 적들의 병력이 더 늘어나면 정말 어떻게 할 수 없는 상황이 오고야 만다. 서부의 아군이 분전하여 적들의 발목을 계속 잡아 준다면 고맙겠지만, 그들의 기세를 볼 때 서부도 곧 적들의 손에 떨어질 게 분명했다. 바올라 제국군보다 먼저 적군이 집결하여 공격해 온다면 정말 버티지 못하는 상황이 오고야 만다.

또 전쟁은 예상대로 되는 법이 거의 없다. 혹시 바올라 제국군이 지원을 오는 도중 시간이 지체되는 상황이 오는 것도 생각해야 했다.

"국왕 전하, 북부에서 전서구로 급보가 도달했습니다!"

전서구를 관리하던 병사가 제이메드 국왕 앞에 무릎을 꿇었다.

"무슨 일이더냐?"

"서쪽으로 향하던 프리실라 여제의 병력이 진로를 바꿔 북부를 공격했다고 하옵니다. 볼데어 성에서 전투가 시작된 지 반나절 만에 적들의 수중에 넘어갔사옵니다!"

"뭐, 뭐라?!"

티르말 공작은 믿기지 않는 상황에 현실을 부정하고 싶

었다. 그러나 허위 정보가 아니라면 자신들은 정말 위험한 상황에 처해 있는 것이다. 자신의 영지 중 하나인 볼데어 성. 적들이 서부로 향한다 하여 최소의 병력만 남겨 두고 테센 탈환 작전에 투입시키려 했다. 그것이 발목을 잡은 것 같았다. 프리실라가 10만 명의 병력에게 총공격 명령을 내렸다면 반나절 만에 함락당하는 것도 이상한 일은 아니었다.

"전하, 포위망을 뚫어야 하옵니다!"

버티는 방법은 이제 안 된다. 볼데어 성은 북부로 향하는 관문 중 하나이다. 그곳이 점령당했다면 북에서 남으로 내려올 바올라 제국이 공성을 치러야 할 테니 절대로 제때 합류하지 못한다. 버티는 것은 오히려 독이 될 뿐이다.

"어디로 가야 한단 말인가!"

"서부 영지는 지형적으로 유리하니 그곳에서 항전하는 것이 좋을 듯하옵니다. 프리실라 여제의 병력에 신성 군단이 있을 테니 이곳의 포위망을 뚫는 것은 충분히 해 볼 만하리라 사료되옵니다."

아무래도 황제의 안전이 최우선이니 신성 군단이 프리실라과 함께하리라 생각한 제이메드 국왕.

신성 군단은 온전히 1만 명이라는 숫자가 모여 있어야 제대로 된 힘을 발휘한다는 게 정설이다. 볼데어 성이 반나절 만에 함락된 것은 신성 군단이 제국군에 있었기 때문이라고 생각했다. 신성 군단이 없다면 포위망을 뚫는 것이 어느 정도 수월하리라 보았다.

"좋아. 서부로 이동한다. 저들의 포위망을 뚫는다!"

제이메드 국왕이 명령을 내리기 무섭게 병사들에게 일제히 하달된다. 하달되는 즉시 그들이 포위망을 뚫기 위해 서쪽으로 움직인다.

"공격하라!"

"와아아아!"

제이메드 왕국군이 함성을 지르며 포위망을 뚫기 위해 분전한다. 포위망을 뚫고자 한곳으로 병력이 집중되었다. 그 과정에서 제이메드 왕국군도 피해를 입었으나, 메이어 신성 제국군도 피해를 입기 시작한다.

"전력을 다해 길을 열어라!"

티르말 공작도 소리친다. 적들은 갑자기 달려든 아군에게 이러지도 저러지도 못한 채 당혹해하고 있었다. 지금이 아니면 기회가 없다. 적들은 설마 이토록 빨리 결단을 내릴 줄은 몰랐던 듯 준비가 덜 된 채 자신들과 싸우고 있다. 예상보다 적은 피해로 뚫으리라 판단했다. 그리고 적들의 포위를 거의 다 뚫었을 때였다.

메이어 신성 제국군의 병사들의 뒤에 옷차림이 다른 군

사가 있는 것이다.

멋스러운 은제 갑옷을 입은 기사들과 무기 한 자루 없이 주먹만 쥐고 있는 자들, 그리고 갑옷 하나 걸치지 않은 채 후방에 있는 사제복 차림의 이들. 백색의 금실이 새겨진 알테미아교를 상징하는 문양이 걸린 깃발이 눈에 들어온다.

"시, 신성 군단?!"

"이런 말도 안 되는!"

그저 위장이길 바랬지만, 그들에게서 신성한 빛이 뿜어진다. 그것이 신성력이라는 것을 누구도 부정하지 못했다. 저들은 진짜 신성 군단이다! 설마 프리실라가 이끄는 곳이 아닌 발타 공작이 이끄는 곳에 신성 군단이 있을 줄이야!

'도대체가……!'

뜻대로 되는 게 하나도 없었다. 모든 추측들이 깨져 버렸다. 마치 자신들이 짤 작전을 미리 알기라도 하듯 놀아나는 기분이었다.

"이런 빌어먹을!"

으득 이를 갈며 투구를 벗어 던졌다. 평소 다혈질인 제이메드 국왕이 일이 뜻대로 되지 않으니 투구를 벗어 던진 것이다.

"전하, 투구를 쓰시옵소서! 위험합니다!"

"거추장스럽다!"

옆에 있던 참모들이 투구를 쓰라 말했지만, 그는 거절하며 말을 몬다.

"목숨을 다해 포위망을 뚫는다, 돌격하라!"

포위망을 뚫고 서부 영지로 향하기 위해 일사불란하게 명령을 내리는 제이메드 국왕. 그때 그에게로 화살 하나가 날아왔다. 그 화살이 제이메드 국왕의 미간에 꽂혔다.

"저, 전하!"

명령을 내리던 제이메드 국왕이 말에서 떨어진다. 티르말 공작이 재빨리 말에서 내려 그를 살폈다.

즉사였다. 너무도 허망하게 제이메드 국왕이 전사했다. 티르말 공작이 입술을 꽉 깨물었다. 그가 끈으로 제이메드 국왕의 몸과 자신을 몸을 단단히 묶었다.

"전하는 내가 모시고 간다! 적들이 전하의 옥체를 마음대로 하게 놔둘 수 없다! 모두 젖 먹던 힘까지 짜내어 돌파하라!"

Chapter 04
성녀의 출전

당시의 기록으로 보아 메이어 신성 제국의 기세가 매우 매서웠다는 것을 알 수 있다. 현재 학계에서는 당시 초기 실린건과 실린더, 대형 실린더가 있음에도 왜 제이메드 왕국에 관련 병력을 보내지 않았느냐에 대한 의견이 분분하다.

아직 실전에 배치된 지 얼마 되지 않았고, 전술 체계가 시험적인 단계였기에 신중히 생각했다는 의견도 있다. 하지만 1차 제국 전쟁 당시 많은 병력을 잃어 적극적으로 지원할 병력이 부족했다는 의견이 압도적이다. 실제로 서부 영지는 병력을 모을 인력이 부족해 수비에 집중하라는 명령을 받아 자리를 지키고, 동부 전선의 병력을 빼 제이메드 왕국에 지원군으로 보낼 정도였다고 하니 가장 신빙성이 있는 의견인 것이다.

그렇다 하더라도 한 가지 더 의아한 점이 있었다. 왜 엘리즈 황제가 마이셀 공작을 적극 이용하여 적들을 조기에 섬멸하지 않았는지다. 엘리즈 황제는 동부 영지를 수비하기만을 원했다.

혹시 민심이 지나칠 정도로 마이셀 공작에게 향한 것에 위기감을 느낀 것이 아닌가 하여 전투가 없는 동부 전선을 수비하라 명한 것이 아닐까?

여전히 많은 학자들에게 궁금증을 안겨다 준 일이지만, 그녀의 뜻이 무엇이었든 이 일로 인하여 바올라 제국 역사상 가장 수치스러운 사건이 벌어지게 되었으니. 그것이 바로……

—『천 년 제국 바올라 2부』 223p 발췌—

＊　　＊　　＊

엿새 후, 마이셀 공작령. 야전에 며칠째 있던 발렌은 잠시 저택으로 돌아왔다. 전쟁 중이기는 하지만, 영지를 돌보는 일도 해야 하기 때문이다. 최전선에는 마덴 자작과 엔더크 자작이 있다. 적들의 동태가 이상하면 즉시 발렌에게 보고할 것이다.

"제이메드 왕국의 국왕이 전투 중 전사하고 왕실 사람들은 모두 아국으로 입국하여 보호 중에 있다고 합니다. 그리고 제이메드 왕국은 서부의 마지막 성을 제외하고 모든 성이 메이어 신성 제국군에게 넘어갔다고 합니다."

벨루나 자작이 현재 돌아가는 정세를 발렌에게 말해 주었다. 그 소식이 매우 나쁜 소식이기에 발렌은 불편한 기색을 숨기지 못했다. 사실상 제이메드 왕국의 모든 영토가 메이어 신성 제국의 지배하에 놓였다는 것이다.

"제이메드 왕국의 왕세자가 국왕의 자리에 올랐으며 바올라 제국과 힘을 합쳐 메이어 신성 제국군을 몰아내고자 하고 있습니다."

동부 전선에 배치되어 중앙 전선으로 향하던 10만의 바올라 제국군은 이제야 중앙 전선에 도착했다는 소식을 들을 수 있었다. 강행군을 하여 예상보다 빠르게 중앙 전선에 도착할 수 있었으나, 이미 적들과 국경에서 대치하고 있는 상황이 되고야 말았다. 제이메드 왕국의 모든 영토는 사실상 적들에게 모두 점령당한 것이나 다름이 없었다.

"후우, 이곳과 달리 중앙 전선은 매우 치열한 상황이겠네요."

적들은 아직까지 별다른 움직임이 없었다. 제이메드 왕국을 모두 점령한 것이나 다름이 없으니 이제 병력을 바올라 제국으로 돌릴 수 있었다. 또한 그들이 바올라 제국으로 향하는 거리도 단축되었다. 저번 전쟁과 다르게 이제는 증원할 병력이 빠르게 도착할 수 있다는 장점이 생긴 것이다.

"반대로 우리가 적들의 영토로 가려면……."

그들을 모두 막아 내고 제이메드 왕국의 수복을 도운 후에 이동해야 한다는 단점이 있다. 이대로 동부 전선을 뚫고 빙 돌아서 어떻게든 적들의 수도로 향하는 방법이 있으나 그렇게 되면 보급의 한계가 반드시 찾아온다. 아니, 나중에는 병력도 부족해진다. 메이어 신성 제국의 성을 점령한다면 치안 유지를 위해 병력을 주둔시켜 놓아야 하는데, 출정하는 병력으로는 그 한계가 찾아올 수밖에 없는 것이다.

이래저래 수비에 치중할 수밖에 없는 현실이다. 반격의 교두보를 중앙 전선에 만들어야 했다.

"언제든 중앙 전선으로 갈 준비는 되어 있는데……."

발렌은 엘리즈가 언제 불러도 당장 갈 수 있도록 만반의 준비를 한 상황. 텔레포트로 갈 생각도 하고 있었다. 하지만 엘리즈는 여전히 동부 전선을 수비하라는 명령만 내릴 뿐이다. 명령이 바뀌기 전까지 발렌은 자신의 영지에 주둔한 채 수비만 해야 했다.

아직 적들이 바올라 제국으로 진군한 상황도 아니고 자신에게 수비하라는 명령만 있으니 맡은 바 임무만 맡기로 하고 회의를 종료했다.

회의장에 참석한 이들이 하나둘씩 나가고 발렌 혼자만 남게 되었다. 가족들과 단란하게 저녁 식사를 한 뒤 내일 다시 전선으로 갈까 생각하고 있는 와중이었다.

"마이셀 공작님?"

아샤의 목소리가 들린다. 아샤는 회의장 출입문 앞에 서서 다른 사람이 있나 없나 확인하고 있었다.

"들어오세요. 그리고 아무도 없으니까 편하게 말하세요."

발렌의 허락에 아샤가 안으로 들어와 고개를 주억이며 편하게 대했다.

"슈드, 잠시 시간 돼?"

"예, 물론이죠. 그러고 보니 아샤 씨, 요즘 지낼 만하세요?"

휴전이 깨지고 다시 전쟁이 시작되어 야전에 잠깐 있었던 발렌. 아샤가 무역 관리자가 되어 일하기 시작하면서 그녀가 잘 지내고 있는지 궁금했었다.

"나야 잘 지내고 있지. 네 덕분에 저택 근처에 좋은 집도 하나 구할 수 있었고."

이 나라에 아샤가 머물 집이 없어 저택 근처에 작은 집 한 채를 구해 주었다. 발렌이 직접 가서 본 집이었다. 혼자 지내기에는 너무 넓지만, 그래도 전에 살던 판잣집보다 훨씬 나은 환경이었기에 마음에 들어 했던 아샤였다. 그때 그녀가 기뻐했던 모습을 보고 기분이 좋았던 발렌이다.

"문제는 지금 내가 할 일이 거의 없다는 거지만."

"그렇게 일거리가 없나요?"

"전쟁 중이잖아."

그녀는 무역 관리자였지만, 매우 한가로웠다. 지금 그녀가 당장 할 수 있는 것이 없었기 때문이다.

나라 전체가 생산력을 전쟁에 쏟아 붓고 있는 마당이었다. 그것은 마이셀 공작령이라 해서 다를 바 없었다.

타국에서 무기나 식량을 구입한다면 그녀도 바쁘게 움직였을 것이다. 그러나 타국에 손을 벌릴 정도로 이 영지의 생산력이 부족한 것이 아니었다. 휴전인 상황이라 평소 비축해 둔 무기와 식량이 많았다. 또한 이 영지에는 철광석이 매장된 광산도 존재했다. 영지 자체적으로 무기를 생산하고, 식량을 조달할 능력이 있기에 특이나 일이 적었다.

"뭐, 전쟁도 돈이 움직이다 보니 바쁘게 일할 수 있어. 네 영지에서 할 수 있는 게 매우 제한적이라는 게 문제라서 손해만 볼 거 같지만."

아샤도 나름대로 스스로 일거리를 찾고 있던 모양이다. 거기에 손익 계산까지 한 것을 보면 확실히 자신의 맡은 바 일에 소홀히 하지 않는 듯했다. 벨루나 자작도 아샤가 꽤 괜찮은 수완가라고 평했다. 이 영지에서 자체적으로 운영하려고 하던 상단을 좀 더 체계적으로 개편하고, 어떻게 돈을 벌 수 있을지 스스로 조사를 하고 있었으니 말이다.

"나중에 전쟁이 끝나고 다시 평시 체제로 돌아왔을 때 일거리가 대폭 늘어날 거예요."

"그건 그것대로 고역이겠는데?"

아샤가 피식 웃으며 고개를 저었다. 전쟁 중이라 한가로운 것도 고역이지만, 일이 많은 것도 고역이다. 한동안 웃던 아샤가 이제는 진지한 표정을 짓는다. 수심 가득한 얼굴. 고민이 많다는 표정이었다. 발렌이 잠자코 그녀의 말을 기다렸다. 곧 그녀가 입을 열었다.

"그런데 이대로 정말 괜찮은 거야?"

"뭐가요?"

"적들이 이곳으로 밀고 들어오면 어떻게 해?"

아샤는 전쟁을 처음 겪기 때문인지 불안해하고 있었다. 그녀의 나라는 이미 메이어 신성 제국의 점령 하에 놓였고, 이제 적들은 바올라 제국으로 진군할 준비를 하고 있다.

"걱정되세요?"

"걱정되는 게 당연하지!"

아샤는 발렌이 지켜 줄 거라 믿고는 있었지만 그래도 마음속에 있는 불안감은 어쩔 수 없었다. 그가 미소를 보였다.

"걱정하지 마세요. 제 영지는 적들도 쉽게 올 수 없을 테니까요. 적들이 가장 두려워한다는 붉은 악마가 바로 눈앞에 있는데 무슨 걱정을 하세요?"

"너무 오만해 보이는데?"

아샤는 원래 발렌이 이런 녀석이었나 하고 생각했다. 그러나 발렌은 딱히 오만해 보이려고 한 말이 아니었다.

"첩보에 의하면 적 장교들은 제가 자리를 비울 때 공격할 거라더군요. 제가 이 영지에 계속 있는 이상 적들은 공격하지 않을 거예요. 그러니까 안심하세요."

"그래?"

동부 전선은 발렌이 억제하고 있다고 봐도 무방했다. 문제는 중앙 전선이라는 거지만 말이다. 그래도 발렌이 그렇게까지 말하고, 실제로 영지민이나 병사들도 발렌을 믿고 있다. 그 병사들 중 일부는 발렌이 알레하그라에서 전투를 모두 끝냈을 당시의 일을 신나게 자랑했다.

자신이 충성하는 영주님이라서 그런 것이 아니라 실존하는 영웅의 업적을 직접 목격했으니 평생의 자랑으로 삼고 있는 것이다. 물론 과장된 이야기도 많이 있었으나, 발렌이 이룬 업적도 한 명의 인간으로서 하기 힘든 일이기에 어디까지가 실제 이야기고 어디가 과장된 이야기인지 헷갈릴 정도였다.

"영주님."

밖에서 벨루나 자작의 목소리가 들려온다. 발렌과 아샤의 시선이 문 쪽으로 향한다. 벨루나 자작이 안으로 들어오며 아샤를 바라보더니 다시 발렌에게 시선을 두었다.

"아샤 무역 관리자와 대화 중이셨습니까?"

"별 얘기는 안 했어요. 그런데 무슨 일이죠?"

"중앙 전선에서 보고가 왔습니다. 중앙 전선의 메이어 신성 제국군이 바올라 제국의 영토에 발을 디뎠다고 합니다."

"······."

결국 올 것이 오고야 말았다.

*   *   *

제이메드 왕국의 서부 영지를 점령하기 위해 성을 포위시키고 나머지 병사들은 바올라 제국으로 발을 디디게 되었다. 바올라 제국의 황녀였던 프리실라는 이 근방을 잘 알고 있었다. 알데카야. 지평선이 보이는 넓은 평지이고 땅이 비옥하여 작물이 많이 자라는 곳이기도 했다.

"알데카야는 반드시 점령해야 하는 곳입니다. 바올라 제국 식량의 10분의 1이 이곳에서 나오고 있으며 세인브리트로 향하는 길목입니다."

식량의 10분의 1! 이 거대한 나라의 주요 곡창지대를 점령한다면 바올라 제국은 엄청난 타격을 입게 될 것이고, 메이어 신성 제국은 식량 걱정 없이 오랫동안 전쟁을 할 수 있게 될 것이다.

"하지만 문제는 적들이 이 사실을 알고 이곳을 막으려고 격렬하게 저항할 겁니다. 또한 자라고 있는 작물을 모두 불태워 버리겠지요."

작물을 불태워 쓸 수 없게 만들 것이다. 그렇다면 메이어 신성 제국도 작물을 이용하지 못할 테니까. 그러나 그렇게 한다고 해도 1년만 버티면 된다. 1년을 버티고 완전히 장악하여 작물을 기르면 식량 걱정도 없고 보급이 더더욱 빨라지게 될 테니까.

바올라 제국 측에서 알데카야가 자신들의 손에 넘어가는 것을 원치 않을 테니 격렬히 저항할 테고, 자신들에게 점령된다면 되찾기 위해 계속 공격을 감행할 것이다.

"알데카야를 점령하고 1년을 어떻게 버티느냐가 관건입니다. 그 1년이 이 전쟁에서의 승패를 좌우하게 될 겁니다."

이 지역에서 두 제국의 운명이 판가름 날 정도라고 하니 얼마나 중요한 전략적 요충지인지 안 물어도 알 것이다. 모두가 이해한 듯 고개를 주억인다.

"현재 적들은 숲에 매복해 있을 겁니다. 알데카야의 중앙에는 숲이 있는데, 위험한 몬스터들이 다수 서식하고 있는 곳이니 주의를 해야 할 겁니다."

적들의 매복도 조심해야 하지만, 몬스터도 주의해야 하는 것이다. 이 영지의 영주는 몬스터들이 어디에 서식하고 있는지 잘 알 테니 특히 조심해야 했다.

"폐하, 혹시 몬스터들이 어디에 서식하고 있는지 아섭니까?"

발타 공작의 물음. 몬스터들의 서식지가 어딘지 사전에 알고 있다면 그곳을 피하기만 해도 큰 도움이 된다. 그러나 프리실라가 고개를 저었다. 그녀는 이 숲에 몬스터가 서식한다는 것만 알고 있지, 몬스터들의 서식지가 어딘지 잘 모른다.

"저도 이곳에 몬스터가 있다는 정도만 알지, 자세한 것은 모릅니다."

아쉽지만 그래도 몬스터가 있다는 것을 알았으니 주의만 한다면 될 것이다. 제아무리 오우거라도 이만한 숫자의 인간이 움직이면 함부로 덤비지 못할 것이다.

"혹시 모르니 제이메드 왕국에서 징병한 이들을 최전선으로 내보내어 적과 몬스터의 위험이 없는지 우선적으로 확인하도록 하겠습니다."

"그렇게 하세요."

메이어 신성 제국군은 점령한 곳을 샅샅이 뒤져 갱들을 강제 징병했다. 그 수가 무려 1만이 넘었다. 교화를 목적으로 내세우며 강제 징병한 것이다. 아직 제이메드 왕국의 백성들 다수가 저항하고는 있지만, 그동안 문제가 많던 갱들을 강력히 처리해 주자 기뻐하는 이들도 있었다. 실제로 갱들을 처리해 주자 자국의 정보를 제공해 주는 자들도 있었다.

"우리의 최우선은 세인브리트입니다. 세인브리트를 점령하고 나서, 발타 공작은 서부를 장악하도록 하세요. 바올라 제국은 동부 영지보다 서부 영지에 평지가 많고, 곡창지대가 많습니다. 보급로를 완전히 끊는다면 그들은 식량난에 허덕이게 될 겁니다"

동부 영지도 비옥한 땅이 있으나, 수도와 동부 영지 모두를 먹여 살릴 만큼 식량이 나오지는 않는다. 알데카야를 점령하는 것도 그들에게는 뼈아픈 손실인데, 서부와의 보급로까지 끊으면 그들 입장에서 더더욱 힘들 것이다.

"이곳을 장악하면 적들의 힘이 많이 약화될 것이고, 세인브리트까지 매복이 없다는 가정 하에 일주일 만에 이동이 가능합니다. 물론 세인브리트까지 가는 길에 성이 세 개나 있습니다만, 모두 작은 성들이니 크게 염려하지 않아도 됩니다."

제이메드 왕국을 통해서 이동하니 세인브리트까지 그리

멀지 않았다. 동부 전선에서는 강행군을 해도 한 달이고, 수많은 성들을 점령하며 이동해야 한다는 것까지 생각하면 가까운 편이었다.

"하지만 문제는 붉은 악마인데……."

그 말이 발타 공작의 입에서 나오자 모두가 숨죽였다. 붉은 악마. 모든 대륙에 알려진 믿기 힘든 전투. 바로 발렌이 중앙 전선에서 자신들과 대치하게 될 때가 문제였다.

"아직까지 붉은 악마는 보이지 않지만, 그가 만일 중앙 전선으로 오게 된다면 위험해질 수 있습니다."

한 사람이 한 군단급 힘을 자랑한다. 그의 존재만으로도 위험 부담이 커졌다. 동부 전선이 계속 대치 중인 이유는 그가 아직 동부 전선에 있기 때문이다. 그러나 만일 중앙 전선으로 오게 된다면 위험 부담이 커졌다.

바올라 제국과의 전쟁에서 승리할 수 있느냐 없느냐는 그에게서 이길 수 있느냐 없느냐에 따라 달라진다. 한 사람의 무력이 전쟁의 판도를 좌우했을 정도다. 이 전쟁에서 가장 큰 변수라고 한다면 마이셀 공작이었다. 모든 이들이 그가 중앙 전선에 오게 될 때의 상황을 그린다. 많은 생각이 들지만, 과연 15만 명을 단신으로 상대해서 승리한 그와 싸워 이길 수 있을까 우려된다.

"악마를 처리할 수 있는 방법이 있습니다."

프리실라의 뜻밖의 말에 모든 이들의 시선이 집중된다. 그녀는 자신감에 차 있는 목소리로 그를 처리할 수 있다고 말했다. 모두가 그것이 무엇이냐는 듯 바라본다. 프리실라가 빙긋 웃는다.

"들어오도록 하세요."

프리실라의 말과 함께 작전 회의 막사 밖에서 한 여성이 들어온다. 그 여성이 들어오자 모든 이들의 눈이 커진다.

"다, 당신은……!"

프리실라를 제외한 모두가 그녀의 앞에 무릎을 꿇었다. 순식간에 작전 회의장이 경건한 분위기가 되었다. 막사에 들어온 여성은 인자한 미소를 짓고 있었다.

*　　　*　　　*

"황제 폐하, 제이메드 국왕이 메이어 신성 제국의 함정에 빠져 전투 중 전사하였고, 서쪽으로 향하던 프리실라 여제의 병력이 북부로 진로를 바꿔 완전히 왕국을 점령하여 국경에 다다랐다고 합니다. 그리고 지금, 그들은 아국의 영토로 발을 디뎠습니다."

"……."

메이어 신성 제국이 제이메드 왕국과 전쟁을 벌인 지 한 달도 되지 않았다. 그런데 적들은 수도를 점령한 것도 모자라 북부까지 점령해 바올라 제국으로 다시금 발을 디뎠다. 지리적인 천연 요새가 많은 제이메드 왕국이 이렇게 쉽게 함락되리라고는 그 누구도 상상하지 못했다.

"그들은 세인브리트로 곧장 진격해 올 것입니다, 황제 폐하."

이미 대전에 있는 이들만이 아니라 세인브리트에 거주하는 백성들도 마찬가지로 그 불안감을 안고 있었다. 천 년간 그 어떤 국가도 세인브리트에 손을 대지 못했는데, 메이어 신성 제국군이 위협을 주고 있는 것이다.

"마이셀 공작을 부르는 것은 어떻습니까?"

한 신료가 발렌을 부르고자 원했다. 메이어 신성 제국군에게 가장 공포의 대상이라면 바로 발렌. 그가 수도에 있다는 것만으로도 그들의 사기는 크게 줄어들 것이고, 아군의 사기는 더욱 높아질 것이다.

"아뇨. 마이셀 공작은 동부 전선에서 계속 대기하라 명하세요."

하지만 엘리즈는 발렌이 이곳에 오는 것을 원하지 않았다. 발렌이 이곳에 오지 않기를 바랐다.

'발렌이 이곳에 온다면 또다시 고통을 받게 될 거야.'

엘리즈는 발렌에게 죄책감을 가지고 있다. 자신 때문에

받은 고통을 생각하니 또다시 그에게 도움을 요청할 수 없었다. 그가 이곳에 오면 적들을 쉽게 막아 낼 수 있을 것이다. 하지만 그 때문에 발렌이 또다시 고통받을 모습을 보고 싶지는 않았다. 이미 그는 충분하다 못해 도가 지나칠 정도로 고통을 받았다.

'이번에는 내 힘으로 막아 내 보이겠어.'

엘리즈는 누구의 도움도 받지 않고 스스로의 힘으로 그들을 막고자 했다. 언제까지고 그에게 도움을 바랄 수 없다. 자신 때문에 또 고통을 받는 것은 원치 않았다. 또한 그녀는 자신이 있었다. 신성 군단이 무섭기는 하지만, 바올라 제국에는 황실 근위대와 아이벤 대륙 제일의 마법 병단이 있지 않은가. 신성 군단에 비하면 수가 적을지 모르지만, 질적으로 매우 뛰어나다.

서부 영지는 병력을 보내 올 만큼 병력이 많지 않았다. 한정된 병력으로만 막아 내야 했다.

'문제는 남바른 공작령도 저번 전쟁에서 많은 피해를 입었다는 건데…….'

수도 인근에 있는 가장 큰 영지라면 남바른 공작령. 남바른 공작령은 저번 전쟁에서 많은 피해를 봤다. 많은 기사들이 자신을 구하고자 목숨을 내던졌으며 병사들을 잃었다. 그 때문에 병력을 지원하지 못하는 상황이었다.

서부 영지도 마찬가지였다. 저번 전쟁에서 괴멸되었던 4군단이 서부 영지의 병력이었기 때문이다. 다시 사람을 징집하고자 해도, 이미 인력이 부족한 상황이다. 때문에 서부 영지의 도움을 바랄 수는 없었다. 결국 수도군과 동부 전선에서 빼 온 10만 명의 병력으로 그들을 막아 내야 한다는 뜻이다.

'적들에 비해 숫자가 매우 열세네.'

적들이 중앙 전선에서 움직일 수 있는 병력이 20만인데 반해, 이쪽은 10만이 조금 넘는 숫자가 움직일 수 있었다. 2배 가까이 차이가 났다. 전쟁이 숫자가 전부는 아니라고 하지만, 병력이 적은 쪽이 불리한 건 사실이었다.

"그리고 소문으로는 신성 군단 내에 성녀가 합류했다고 합니다."

"성녀가 합류했다니, 그게 무슨 소리죠?"

"아직 제대로 파악된 바는 없지만 전쟁에 성녀도 참전한 것 같습니다."

성녀가 전쟁에 참전하다니. 성녀는 손에 꼽을 정도로 적은 데다 직접 전쟁에 참여하는 경우는 단 한 번도 없었다. 메이어 신성 제국은 종교가 움직인다 하더라도 이상할 바 없는 곳이라지만, 성녀가 전쟁에 참전하는 것은 이례적인 일이라고 볼 수 있었다.

'알테미아교에 목숨을 바치는, 광신도나 다름이 없는 신

성 군단에 성녀까지 참전했다면…….'

그들에게 미치는 사기가 엄청날 것이다. 교황 밑으로는 추기경, 추기경 밑이 성녀이다. 계급으로는 추기경 밑이지만, 사실상 추기경과 동급의 힘을 가진 것이 성녀이다.

"어째서 성녀가 직접 참전한 거죠?"

"현재 메이어 신성 제국의 성녀는 두 명이 있습니다. 한 명은 엔두나 성녀, 다른 한 명은 마리나 성녀입니다. 첩보에 의하면 이번에 참전한 성녀는 마리나 성녀라고 합니다. 세례명은 마리나, 본명은 케이트 덴 아덴입니다."

"덴 아덴이라면……?"

엘리즈는 자신이 잘못 들었나 싶었다.

"예, 아덴 공작의 둘째 딸입니다."

아덴 공작가가 대대로 많은 성기사와 성녀들을 배출한 영지라는 것을 아는 엘리즈. 설마 바올라 제국을 위기에 빠뜨렸던 아덴 공작의 딸이 성녀일 줄은 몰랐다.

"그녀는 알테미아교를 믿지 않는 이들에게 가차 없는 면모를 보인다고 합니다. 단순히 부상자를 돌보기 위해 혹은 점령 지역의 사람들에게 포교를 하기 위해 온 것 같지 않습니다. 아버지의 일에 복수심을 품고 이번 전쟁에 참전한 것 같습니다."

성녀는 신의 목소리를 대변하고, 대륙 곳곳을 돌아다니

며 종교를 포교하여 사람들을 돕는다. 법으로 정해진 것은 아니지만, 성녀는 전쟁에 간섭하지 않았다. 마왕이 중간계를 침공하지 않는 이상 인간끼리의 싸움에 참전하는 경우는 없었다.

제아무리 신에게 몸을 의탁한 사람이라도 인간인 이상 아버지가 바올라 제국에 의해 전사했는데 복수심이 없을 수 없다.

"프리실라 여제가 아무런 뜻도 없이 성녀의 참전을 허락하지는 않았을 겁니다."

엘리즈는 프리실라에 대해 잘 알았다. 어렸을 적에 헤어졌지만 그녀는 철두철미한 사람이었다. 단순히 사기를 진작시키기 위해 참전을 허락한 것 같지는 않고, 분명 무슨 뜻이 있을 것이다. 그러나 그 의중을 알 수가 없었다.

추기경에 버금가는 엄청난 신성력을 가진 것은 알고 있지만, 과연 직접적으로 뭘 할 수 있을지 궁금할 지경이다. 바올라 제국 내에는 성녀가 없기에 성녀가 무슨 신성 마법을 쓰는지 알려진 바가 없었다. 그렇기에 이곳에 있는 모든 이들이 침묵했다.

*   *   *

마이셀 공작령. 현재 동부 전선에서 대치 중인 메이어 신성 제국에 대한 보고를 모두 검토하면서 집무를 보고 있는 발렌. 그는 동부 전선에서 메이어 신성 제국군의 작은 움직임조차 놓치지 않기 위해 작은 일까지 보고 받고 있었다.

"여전히 적들은 크게 움직이지 않고 있고……."

적들 중 일부가 야밤에 몰래 침투하여 아군의 상황을 보려고 했다가 매복한 아군에게 걸려 붙잡아 심문을 한 후, 포로수용소로 보냈다는 내용도 있었다. 포로들 얘기로는 그저 바올라 제국군을 염탐하라는 명령만 있었다고 한다.

전투가 벌어지지 않는 것은 좋으나 작은 것을 놓치다가 적들이 기회를 보고 공격을 재개할지도 몰랐다. 발렌은 전투를 최대한 억제하기 위해 작은 것도 방심하지 않았다. 대충 거의 다 보고서를 보았을 때였다.

주륵—

코피가 흘러내렸다. 발렌이 다급히 손가락으로 코를 틀어막았다.

'눈도 침침한 것 같고.'

가끔씩 눈앞이 뿌옇게 되었다가 다시금 돌아오는 때가 있었다. 최근 너무 바쁘게 움직이다 보니 무리를 많이 했다는 생각을 한다.

똑! 똑!

집무실에 누군가가 노크를 했다. 목소리가 들려왔다.

"발렌, 나야."

이바나의 목소리였다. 발렌이 보고서를 오른쪽에 쌓으며 말했다.

"들어오세요."

그의 허락에 이바나가 안으로 들어왔다. 그녀는 발렌이 코를 막고 피가 흘러나오는 것을 보며 물었다.

"코피 났어?"

"예. 갑자기 나오네요."

"어휴, 일 열심히 하나 했더니 야한 생각하고 있었구나?"

"뭐, 저도 남자라서요."

이바나의 농담을 그대로 받아치는 발렌. 이바나가 피식 웃으며 그에게 다가와 자신의 손수건을 건네주었다. 발렌이 그녀의 손수건으로 코를 막았다.

"너무 무리는 하지 말고. 혹시 내가 바쁠 때 들어온 거야?"

"아뇨. 거의 다 끝낸 참이었어요. 이 두 장만 검토하면 돼요."

발렌은 왼쪽에 있는 서류 두 장을 가리켰다. 오른쪽에는 그가 검토했던 것들이 쌓여 있었다.

"금방 끝나니까 잠시만 소파에 앉아서 기다려 주세요."

이바나가 고개를 주억이며 집무실 가운데에 있는 소파에

앉았다. 그는 마저 두 장의 서류를 검토하고서 오른쪽에 쌓았다. 일을 다 끝냈을 때는 코피도 멎었다.

"손수건 빌려 주셔서 감사해요. 나중에 깨끗하게 빨아서 돌려드릴게요."

"그래."

그는 구석에 비치된 찻잔을 들고 와 이바나의 맞은편에 앉았다. 마침 일을 하면서 목을 축이려고 가져온 홍차가 든 티팟도 있었다. 보고서를 정신없이 보고 있었기에 갔다 놓고 깜빡해서 완전히 식어 버렸지만 말이다.

"식었네요. 잠시만 기다려 주세요. 파이어."

발렌의 손에서 불길이 일어났다. 그것을 보고 이바나가 어이없는 듯 그를 바라보았다.

"넌 홍차 타는 일에 마나를 사용하니?"

"들락날락할 필요도 없어서 간편하잖아요."

"청소도 클린 마법으로 하는 건 아니지?"

"그 정도까지는 아니지만, 많으면 하겠죠. 세인브리트 도서관의 대청소 때 쓰면 편하겠네요."

이 나라에서는 사소한 일을 마법으로 해결하는 마법사는 게으르다는 인식이 널리 퍼져 있다. 그 때문에 많은 마법사들은 불편해도 되도록 마법을 안 쓰고 스스로 몸을 움직여 청소를 하거나 정리를 한다.

"고작 잡일 가지고 마법을 쓰지 마. 남들이 볼 때 안 좋게 생각할 거야."

"이바나 씨는 남들의 시선을 신경 쓰는 고리타분한 사람이 아니라고 생각했는데, 의외로 고지식한 면이 있으시나 보네요?"

"나는 상관없는데, 남들이 널 볼 때라고 얘기했잖아. 기껏 남들이 널 어떻게 생각할지 걱정해서 말해 준 사람에게 할 말이니?"

이바나가 뾰로통한 표정으로 그를 바라본다. 발렌은 자신도 모르게 웃음이 새어 나왔다. 이바나의 이런 모습이 꽤나 귀엽게 느껴졌다.

"걱정해 줘서 고마워요. 여기 홍차 데워졌으니 드세요."

잠깐 대화를 나눈 것뿐인데 홍차도 데워졌다. 발렌이 찻잔에 홍차를 따라 준다. 김이 모락모락 나는 홍차를 한 입 마시자 절로 몸이 풀어졌다.

"오랜만에 네가 타 주는 홍차 마셔 보네. 마지막으로 마셔 본 게 언제였지?"

"글쎄요. 아루스 황제 폐하와 함께 이곳에 온 후 처음 같네요."

"벌써 그렇게 오래됐나? 이렇게 보면 시간 참 빨라."

내전이 끝난 지도 5년이 다 되어 간다. 그 5년간 참 많은 일이 있었구나 싶었다.

"5년이라고 생각하니 시간이 금방 간 것 같은데, 네가 행방불명된 3년은 30년 같았단 말이지."

"30년도 안 살아 보신 분이 30년이 같다고 하시다니. 안 어울리네요."

평소처럼 농담을 건넨 건데, 반응이 영 시답지 않았다. 이바나가 재미없다는 듯 말한다.

"비유하는 거잖아, 비유. 제이메드 왕국에 있었다고 농담 실력 다 죽은 거야?"

"아뇨. 제이메드 왕국에 있을 때에는 아샤 씨랑 농담했는데요."

"……왜 그 여자 이름이 나오는 거야!"

이바나의 과민 반응에 발렌이 쿡쿡 웃었다. 이바나는 아샤의 이름만 나와도 이렇게 과민한 반응을 보이고는 한다. 그가 제이메드 왕국에 있을 때 3년 동안 옆에 딱 달라붙어 있었다는 것 때문에 스스로 위기감을 느끼고 있는 건지도 모르겠다.

"어휴. 같이 대화하는 건 좋은데, 누구는 30년은 살아본 것처럼 농담도 안 받아 주……."

혼잣말로 다 들리게 불만을 말하던 이바나가 입을 꾹 다물었다. 그제야 이바나는 깨달은 것이다.

"아…… 넌 훨씬 넘게 살아 봤구나."

발렌은 상상을 뛰어넘을 정도의 세월을 겪었다는 것을.

"그렇죠. 얼마나 오래 살았는지 제 스스로 셀 수도 없는 지경이지만요."

이바나는 잠시 침묵하며 가만히 그를 바라보고, 발렌은 아무렇지도 않은 듯 홍차를 마셨다. 발렌의 입장에서는 30년이 아니라 그 이상의 엄청난 시간을 전쟁터 한가운데에서 오직 싸움으로 보냈다.

엘리즈의 독살 사건? 고향에서 벌어진 흑마법사 사건? 세기어 왕국에서 일어난 바하족 사건? 그것들은 아무것도 아니다. 알레하그라 전투는 이미 그를 전쟁의 신으로 만들어 버렸다. 검도 만져 본 적 없으면서 지금은 검을 잘 다루고, 위저드급이던 그가 현재는 이 나라에서 손에 꼽는 경지의 마법사가 되었다.

그에게 있어 오랜 세월이라는 것은 알레하그라를 가장 먼저 떠올리게 만들 것이다. 그것이 가장 먼저 생각난다면 농담으로 받아치기 힘들 것이라고 뒤늦게 깨달았다.

"미안."

"제게 미안할 게 있나요."

발렌은 아무렇지도 않은 척 미소를 짓고 있었지만, 이바나는 그가 애써 생각하려 하지 않는다고 느꼈다. 괜히 안 좋은 기억을 꺼낸 건 아닌가 하여 미안한 마음만 들었다.

그녀가 불편해하고 있는 것을 느낀 발렌이 자리에서 일어나 옆에 앉아 그녀의 머리를 자신의 어깨에 기대게 했다. 그리고 그녀의 손을 잡았다.

"너무 신경 쓰지 마세요. 정말 아무렇지도 않으니까요. 설마 이 정도로 천하의 이바나 디 엘로이가 풀 죽은 건 아니죠?"

"……."

그 말을 듣더니 이바나가 피식 웃었다. 딴에는 자신의 기분을 풀어 주려는 것 같은데, 여자의 마음을 풀어 주는 방법이 너무 서툴구나 싶었다.

"그래. 내가 이번만은 넘어가 준다."

"뭐가요?"

"그런 게 있어."

이바나는 가만히 그의 어깨에 머리를 꼭 기댄 채 그의 팔에 자신의 팔을 둘렀다. 이렇게 있으니 행복한 기분이 들었다. 잠깐의 행복감에 젖어 있는 이바나. 발렌도 잠시 그녀의 온기를 느끼며 가만히 있었다.

"묻는 게 늦었는데요. 여긴 무슨 일로 오셨어요?"

"오랜만에 네 생각나서. 이제 제자들 가르치는 단계가 끝나서 한가하기도 했고."

"뒤에 한가하다는 말만 아니었으면 굉장히 설레였을 텐데 아쉽네요."

발렌이 피식 웃자, 이바나도 똑같이 웃어 보였다. 죽었던 분위기가 다시금 살아났다.

"전시라서 새로운 마도구 연구는 잠시 중단인가요?"

"거의 그렇지. 필요한 것을 요구하기 전까지 다른 마도구 연구는 중단이야. 다만 무전구로 연락할 수 있는 범위를 조금 더 넓히는 방법을 연구하고 있어. 어떻게 해야 범위를 넓힐 수 있을지 해법이 나오지 않아 고민이지만."

"그렇군요. 고생 많이 하시네요."

아주 사소해 보이지만, 그 사소한 것을 해내는 게 얼마나 힘든지 이해하는 발렌이다. 없던 기술을 만들어 내고 거기서 좀 더 효율을 높이는 것도 매우 힘든 일이다.

"너만 하겠어? 우리 영주님 고생하는 걸 보면 매일 눈물로 밤을 지새우는데."

"죄송하고 고마워서 눈물이 날 것 같네요."

"매일 널 걱정해 주는 날 위해 눈물을 흘려도 돼."

이바나가 장난스럽게 웃어 보이며 힘을 주어 그의 팔을 끌어당겼다. 그녀의 미소가 너무도 귀여워 자연스레 미소가 걸렸다.

"왜 그렇게 바라봐?"

"이바나 씨를 바라보는 게 좋아서요."

"어우~ 느끼해."

이바나가 닭살 돋는다며 팔뚝을 긁는 시늉을 하지만, 싫지만은 않은 듯, 얼굴에 미소가 만개한다. 발렌이 그 미소를 보고 조금씩 그녀에게 얼굴을 가까이 했다. 그의 얼굴이 다가오는 것을 보고 눈을 꼭 감은 채 가만히 있는 이바나. 그 둘의 입술이 맞부딪치려고 했을 때였다.

쿵쿵쿵!

"영주님! 영주님!"

벨루나 자작의 다급한 말이 들려왔다. 노크 수준이 아니라 주먹으로 문을 두드리며 크게 소리를 내어 이바나가 깜짝 놀라 고개를 뒤로 내뺐다.

"안에 안 계십니까?"

왜 매번 중요한 순간에 벨루나 자작이 찾아와 훼방을 놓는 걸까. 이바나가 한숨을 내쉬었다.

'그러고 보니 전에 나한테 중요한 말을 하려고 했을 때도 그렇고.'

발렌이 두 손을 꼭 잡고 '전쟁이 끝나 평화 협정이 이루어지면…….'이라는 말을 했다. 중요한 말을 하려고 했던 순간 결국 무슨 말을 하려고 했던 건지 아직 듣지 못했다.

"영주님, 안에 안 계십니까?"

"아뇨, 있어요. 들어오세요."

하도 다급하게 그를 찾아 발렌이 벨루나 자작을 안으로 들였다. 벨루나 자작이 안으로 들어오고서 발렌과 이바나가 함께 앉아 있는 것을 볼 수 있었다.

'이런.'

벨루나 자작은 설마 이곳에 이바나가 있을 줄 몰랐는지 당황한 표정이다. 이바나가 저택에 방문한 것을 아는 사람은 지나가면서 만난 이들이 전부다. 지금까지 자신의 업무를 보고 있던 벨루나 자작은 그녀가 저택에 방문했으리라고는 상상도 못했다.

"무슨 일이시죠?"

하도 급하게 그를 찾기에 이유를 바로 묻는 발렌. 벨루나 자작은 이바나에게 사과는 나중에 하기로 하고 그가 입을 열었다.

"긴급 보고가 들어왔습니다. 중앙 전선에 있던 적들이 알데카야로 들어왔다고 합니다. 아군은 현재 알데카야에 있는 숲에서 매복하며 적들을 기다리고 있다고 합니다."

"알데카야?"

"알데카야라면……."

알데카야에 대해 모르는지 고개를 갸웃거리는 이바나와 상반되게 발렌은 알데카야란 지명에 대해 곰곰이 생각했다.

세인브리트에서 남쪽 지역 중 하나가 알데카야다. 직접 가 본 적은 없지만 책에서 알데카야에 대해서 본 적이 있다. 수도 근처에 있는 영지인데 광활한 평지이자 기름진 땅이어서 제국의 곡창지대로 알려진 곳이다.

"이거 상황이 위험하겠는데요?"

"왜 그러십니까?"

"알데카야는 바올라 제국 최고의 곡창지대예요. 이 나라 곡물의 10분의 1이 생산되는 곳이에요."

알데카야가 남쪽에 있다는 것은 책으로 봤지만 자세한 위치까지는 몰랐다. 설마 중앙 전선과 그렇게 가깝게 붙어 있을 줄이야.

"적들은 물론 아군에게 있어서도 알데카야는 반드시 차지해야 하는 전략적 요충지예요."

알데카야를 지키느냐, 잃느냐에 따라 앞으로 전쟁의 양상이 크게 변할 수도 있었다. 알데카야는 수도로 가는 길목이기도 했다. 이곳을 지키지 못하면 적들이 순식간에 세인브리트로 진격할 것이다.

"현재 아군도 알데카야를 지키기 위해 10만의 병력을 집중하기로 했습니다."

"그들이 그걸 가만히 있을까요? 적들은 그 보급로를 끊으려 들 거예요."

"그들은 그 사실을 모르지 않습니까?"

타국에서 온 자들이 이 나라의 사정에 대해 잘 알 리 없다. 안일하게 생각하고 있는 것이다. 확실히 타국에서 쳐들어왔다면 그것을 고려할 필요가 있었을 것이다. 그러나 발렌이 이렇게까지 말하는 것에는 이유가 있었다.

"지금 중앙 전선에는 프리실라 여제가 있어요. 그녀가 직접 군을 이끌고 있다고요. 황녀로 있던 그녀가 이 사실을 모를 리가 있을까요?"

바올라 제국의 황족은 황자와 황녀를 불문하고 역사, 제왕학, 경영학에 대해 어릴 적부터 배운다고 들었다. 프리실라라고 다를 바 없었다. 경영학을 배우면서 나라의 사정을 전부 꿰고 있을 것이다. 수도와 가까운 곡창지대이니 프리실라도 모를 리 없었다. 발렌은 알데카야가 얼마나 중요한 곳인지 잘 알고 있다.

"황제 폐하께 연락하세요. 위험하면 저도 그곳으로 가겠다고."

발렌은 알데카야를 수호하는 것이 더 중요하다 여겼다. 국운이 알데카야 하나에 달라질 수 있을 수 있으니까.

"영주님이 중앙 전선으로 향했다는 말을 듣고 적들이 침공을 개시하지 않겠습니까?"

그들은 발렌이 두려워 진격하지 않는 것이지, 그가 중앙 전선에 있다는 소식을 듣는다면 망설임 없이 침공을 개시할 것이다. 벨루나 자작은 그 점을 가장 염려하고 있었다.

"엔더크 자작과 마덴 자작. 둘 중 한 명에게 작전권을 맡길 생각이에요."

그들은 비록 자작위지만, 발렌은 그들에게 작전을 맡길 수 있을 만큼 신뢰하고 있었다. 이 지역의 지리를 잘 알고 있으며 실린건을 든 병력을 다룬 경험이 남들보다 많기 때문이다. 그들이라면 어떻게 병력을 운용하고, 적들을 저지할지 알고 있을 것이라 믿었다.

"알겠습니다. 황성에 영주님의 말씀을 올리겠습니다."

벨루나 자작이 곧 집무실 밖으로 사라진다. 발렌이 턱에 손을 괴고 생각에 잠겼다. 그 둘의 대화를 들은 이바나가 묻는다.

"또 싸우러 가려는 거야?"

"예. 싸우기는 싫지만 보나바르의 저주가 가만히 놔두질 않을 테니까요."

어쩔 수 없이 해야 할 일이다. 발렌은 사태가 더 커지기 전에 일을 끝내고자 했다.

"그래……."

이바나는 그를 말릴 수 없었다.

Chapter 05

위기의 바올라 제국 I

확신과 자만은 한 끗 차이이다. 확신이 과하면 자만으로 이어지며, 그것은 곧 전쟁에서 위기를 만들어 낸다. 반드시 모든 경우의 수를 생각하고, 또 생각하라. 모든 것이 자신의 뜻대로 되리라 생각하지 말고 방심하지도 말라. 확신이 서기 전까지 모든 것을 의심하고 또 의심하라. 모든 것을 의심하여 신중하게 작전을 펼친다면 곧 승리로 이어질 것이다.

　—아루스 폰 바올라의 편지 中—

메이어 신성 제국이 알데카야에 들어왔다는 소식은 황성
에도 전해졌다. 국경에서 대치하고 있던 아군은 즉시 뒤로
빠져 숲에서 매복하여 적들을 맞이하려 하고 있었다.

'알데카야에 몬스터의 숲이 있다는 것은 천만다행이야.'

알데카야는 넓은 평원이기도 하지만, 세인브리트로 향하
는 길목에 길게 몬스터의 숲이 있었다. 병력의 수가 두 배
가량 많고, 신성 군단도 함께하고 있으니 몬스터의 숲으로
유인해 싸우기로 했다. 메이어 신성 제국군 입장에서는 숨
어 있는 아군을 찾아내야 하고, 매복병과 함정을 조심해야
하는데 몬스터까지 주의해야 하니 힘들 것이다.

적들의 진군을 늦출 수 있고, 적들을 섬멸시킬 수 있다며
알데카야를 반드시 수호하겠다는 드리몰드 공작. 드리몰드
공작은 알데카야를 다스리는 영주였다.

바올라 제국은 역사적으로 단 한 번도 수도, 세인브리트
가 위협받은 적이 없었다. 실제로 수도에 위협을 준 나라라
도 알데카야에서 저지를 당했다. 알데카야는 이 나라에서
반드시 수호해야 하는 요충지. 그 요충지에 몬스터의 숲이
있고, 그곳을 통해서 수도로 갈 수 있기 때문에 역사적으로
많은 전투가 벌어지는 전장이었다.

엘리즈는 메이어 신성 제국군이 쉽사리 알데카야를 점령하지 못한다고 확신하고 있었다. 자신의 언니인 프리실라도 그 점을 잘 알고 있을 것이다. 알데카야가 중요한 만큼 점령하기 힘든 곳임을.

'치열한 전투가 벌어지겠지.'

반드시 점령해야 하는 자와 반드시 사수해야 하는 자들끼리 만나는 상황. 지금까지 그 어떤 전투보다 치열한 전투가 될 것이다. 적들도 모든 것을 쏟아 부으려는 듯 우회하는 병력도 없이 알데카야에 왔다고 하지 않았던가. 누가 이기든 상당한 피해를 입을 것이 분명했다.

'하지만 전술상 우리가 유리해.'

지리적 이점을 잘 알고 있으며 전술도 메이어 신성 제국보다 우위라고 자신하는 엘리즈. 바올라 제국은 실린건을 내세우고 있다. 저번 전쟁에서는 소수만 다룰 수 있었지만 지금은 바올라 제국군의 절반이 실린건을 사용하고 있는 상황. 처음부터 적들에게 실린건의 위력을 보여 준다면 적들의 사기를 꺾을 수 있을 것이다. 대형 실린건과 실린더도 보유하고 있으니 적들은 백병전을 벌이기 위해 다가오다가 막대한 피해를 입어야 할 것이다. 이번 전쟁은 저번처럼 끝나지 않을 것이라고 자신하는 엘리즈. 그리고 그녀의 집무실에서 노크 소리가 들렸다.

"황제 폐하, 마셀입니다."

"들어오도록 하세요."

그녀의 허락에 마셀이 집무실 출입문을 열고 안으로 들어온다. 평상시처럼 서류를 들고 오지 않은 채 빈 손으로 찾아온 마셀. 뭔가 보고할 것이 있다 생각한 엘리즈가 물었다.

"무슨 일이죠?"

"마이셀 공작가에서 전언이 왔습니다. 마이셀 공작이 중앙 전선의 참전을 원하고 있습니다."

마셀은 마이셀 공작령으로부터 온 요청을 엘리즈에게 전했다. 그녀가 물었다.

"그가 중앙 전선에 참전하겠다니요?"

"아무래도 알데카야가 얼마나 중요한 곳인지 알고 있는 듯합니다. 마이셀 공작이 알데카야에서 적들을 섬멸시키고자 원하고 있습니다."

잡다한 책을 읽은 발렌. 그는 역사만 아니라 지리와 관련된 책도 읽었던 모양이다. 이 나라의 지리에 대한 책을 읽었다면 알데카야에 대해서 모를 리 없다는 생각이 들었다. 그 사실을 알고 있다면 그가 참전을 원하는 것도 이해할 만했다.

"아뇨, 마이셀 공작의 요청을 거절하도록 하세요."

엘리즈는 딱 잘라 거절하기로 했다. 확실히 알데카야는 중요한 곳이다. 그러나 발렌의 요청을 들어줄 수 없었다.

'그가 또다시 고통 받을 게 분명해.'

그가 있다면 분명 그들은 알데카야에서 섬멸될 것이다. 그러나 보나바르의 저주가 그를 가만두지 않을 것이다. 또다시 그가 고통받게 할 수 없다. 일이 잘 안 풀린다면 몇 번이고 다수의 적들을 향해 돌격할 것 같았다.

'그런 엄청난 고통을 받게 할 수 없어.'

위저드급 마법사였던 발렌은 알레하그라 전투에서 현 마탑주에 버금가는 힘을 얻었고, 또한 무기를 능숙하게 다루기까지 했다. 또한 자신의 이름을 잊을 정도로 엄청난 리셋을 겪어야 했다. 범인(凡人)은 생각도 하지 못할 엄청난 고통을 당했을 게 뻔하다. 발렌이 또다시 그런 고통을 당할 걸 알면서도 그런 일을 겪게 할 수 없는 노릇이다.

"중앙 전선은 우리가 막을 수 있으니 마이셀 공작은 동부 전선 수비에 집중하라 이르세요."

마셀이 고개를 숙이며 집무실 밖으로 나갔다. 이번에는 발렌의 도움 없이도 충분히 할 수 있다고 자신한다. 저번과는 다른 전력을 보유하고 있으니 분명 승리할 것이다.

그러나 지금의 결정이 훗날 역사가들에게 제국 전쟁 최대의 실수 중 하나라는 오명을 쓰게 된다는 사실을 모른 채 엘리즈는 업무를 보기 시작했다.

＊　　　＊　　　＊

　메이어 신성 제국군의 진영. 메이어 신성 제국군은 숲으로 통하는 입구를 바로 앞에 두고 있었다.

　"정찰병이 확인한 결과, 황제 폐하께서 예상하신 대로 적들이 알데카야의 숲에 매복해 있다고 합니다. 또한 가는 길목마다 함정이 도사리고 있으며 정찰을 떠난 정찰병 세 명이 돌아오지 않고 있다는 보고도 있습니다."

　참모 중 한 명이 정찰병이 입수한 정보를 보고했다. 정찰병이 오지 않는다는 건 정찰을 하다가 들켜서 사로잡혔거나 죽었을 가능성이 컸다. 숲 곳곳에는 적들이 매복해 자신들이 오기를 기다리고 있다. 그들은 철저히 준비한 채 자신들을 맞이할 준비가 되어 있었다.

　"흠……."

　발타 공작은 고민에 빠졌다. 아직 이쪽 지역의 지도를 얻지 못해 자세한 지리적 상황도 모르고 있었다. 넓게 펼쳐진 평야이고, 프리실라에게 숲 너머에 곡창지대가 있다는 것만 들은 상황.

　프리실라는 제이메드 왕국을 정벌하고 나서 작전을 모두

발타 공작에게 맡겼다. 이제 마음대로 뜻을 펼치라며 작전 회의에서 단 한 마디도 하지 않고 묵묵히 지켜보고 있었다. 발타 공작은 그녀가 왜 작전 회의에 참가하지 않는 것인지 이해하지 못했다.

'제이메드 왕국을 빠르게 점령할 수 있던 것이 폐하의 전술 덕분인데, 왜 바올라 제국에 당도하기 무섭게 작전에 참여하지 않는 거지?'

온갖 추측을 해 보는 발타 공작. 그녀는 메이어 신성 제국의 황제이지만, 바올라 제국의 황족이기도 했다.

'메이어 신성 제국의 황제가 되었어도 바올라 제국의 황족이니 스스로 모국을 무너뜨리기 싫어서 일까?'

그럴 가능성은 있지만, 그런 것 같지는 않았다.

'혹시 나의 역량을 시험하기 위함인가?'

그가 사령관에 어울리는 사람인지 보기 위함일까? 그럴 가능성도 있었다. 아덴 공작 다음으로 뛰어난 지휘관이라 불리던 발타 공작. 항상 아덴 공작이라는 그늘에 가려져서 빛을 보지 못했으니 이번 기회에 자신의 능력을 확인하기 위함일지도 모른다. 무거운 짐이 그의 어깨에 놓여졌다.

'이번에 확실하게 황제 폐하의 눈에 들어야겠군.'

프리실라의 눈에 든다면 이제 아덴 공작의 그늘에서 완전히 벗어날 것이다. 아덴 공작이 없더라도 메이어 신성 제국에는 발타 공작이 있다는 것을 알리고 싶었다. 고작 추측이지만 그런 생각을 하며 각오를 다진다.

"적들의 전력은?"

"자세한 바는 모르지만 이 넓은 숲에 넓게 포진되어 매복한 것을 보면 꽤 많다고 추측하고 있습니다. 동부 전선병력의 10만이 함께 있는 것 같습니다."

적들의 전력이 얼마나 되는지 잘 모르는 것도 불리한 요소 중 하나였다. 돌아온 정찰병들의 말에 따르면 매복한 이들이 매우 많다는 것만 확인 가능하다고 한다. 숲에 숨어 있어서 자세한 규모를 알지 못하는 것이다.

'일단 10만은 넘는다고 생각한다면 확실히 힘들겠군.'

고민이 늘어났다.

"그리고 그들 중 이상한 무기로 무장한 이들이 많았다고 합니다."

"이상한 무기?"

"난생처음 보는 물건을 병사들이 쥐고 있었다고 합니다. 나무로 된 판 위에 기다란 철로 연결된 물건이라고 합니다."

들어도 뭔지 모르겠다. 무슨 용도로 들고 다니는 걸까?

"아, 그것은 실린건이라는 무기입니다."

그때 작전 회의에 참가하고 있던 자 중 한 명이 손을 들었다. 덴트라 남작이었다.

"실린건? 그것이 무엇인가, 덴트라 남작?"

"마이셀 공작령에서 보였던 무기입니다. 여러 가지 형태의 신무기가 있는데, 실린더, 대형 실린더, 실린건이 있습니다. 실린더는 장교들이 착용하고 있고, 실린건은 병사들이, 대형 실린더는 후방에 배치되어 화살과 트레뷰셋의 공격이 닿지 않는 곳에서 무거운 철 덩어리를 날리는 무기입니다."

덴트라 남작은 3년 전 아덴 공작가에 있던 지휘관이다. 그는 마이셀 공작군의 신무기의 위력이 얼마나 강한지 실제로 경험한 자이기도 했다.

"잠깐, 트레뷰셋의 범위 밖에서 철 덩어리를 날린다고?"

그 거리를 대충 가늠하기만 해도 굉장히 먼 거리에서 요격하는 것이다. 저들의 신무기가 꽤 위력적이라는 소리는 들었지만 직접 그 무기의 위력을 겪은 자에게 들으니 말도 안 될 정도였다.

"예. 밀 한 포대보다 무거운 철 덩어리를 날려 성문과 성벽을 박살 낼 정도로 큰 위력을 선보이고 있습니다."

"과장 없이 말하는 겐가?"

때때로 과장을 섞어 말하는 경우가 있다. 이것도 그러기를 바라는 마음이었다. 그러나 현실은 냉정했다.

"예, 공작 전하. 과장 하나 없이 말씀드리고 있는 겁니다."

10킬로그램이 넘는 철 덩어리를 그 먼 거리에서 발사하는 것 자체가 굉장한 일이다. 이쪽에서는 공격을 하기도 전에 먼저 적들의 공격을 받아야 한다는 뜻도 되었다.

"실린건은 대형 실린더의 축소판으로, 손톱만 한 동그란 납덩이를 날리는 무기입니다. 플레이트 메일을 뚫고 살을 관통할 정도로 매우 위력적입니다. 사정거리 또한 길고, 주변 일대가 울릴 정도로 소리가 매우 큽니다."

"주변 일대가 울릴 정도면 얼마나 크다는 소리인가?"

"마법사들이 파이어 볼을 날렸을 때 폭발하는 것처럼 크게 울립니다. 그런 무기를 병사 한 명이 쥐고 있다고 생각하시면 됩니다."

그것을 쓸 수 있는 적들이 많이 있다는 건 아군에게 공포심을 많이 줄 수도 있다는 소리다. 마법사들의 마법은 위력적인 것도 문제지만, 큰 소리로 인해 사기도 꺾인다. 들으면 들을수록 난관에 부딪치는 기분이다.

"하지만 정확도가 높지 않습니다. 그래서 여러 명이 뭉쳐서 일제히 발사하는 전술을 펼치고 있습니다. 대략 200미터 뒤에서부터는 정확도가 확연히 떨어집니다. 다시 공격을 가할 때도 많은 시간을 소비했습니다."

"한 번 쏘는 데 얼마나 걸리지?"

"1분 정도 소비하는 것 같습니다."

1분 1초가 급박한 전장에서 1분은 그들에게 있어 가장 치명적인 단점이 될 것이다.

"다만 그것을 보완하고자 1열과 2열이 번갈아가면서 쏘는 방법도 구사하고 있습니다. 또한 그들은 몸을 지키기 위해 목책을 앞에 쌓아 진로를 방해하기도 합니다. 그들에게 다가가면 아군은 필연적으로 피해를 먼저 입고 시작할 수밖에 없습니다."

"둘이 나눠서 쏜다고 해도 30초로군."

다시 장전하는 시간은 길지만, 그들을 섬멸하기 위해서는 접근할 수밖에 없었다. 피해를 보면서 공격해야 한다는 뜻이다. 많은 이들이 이 문제를 두고 고민했다. 마이셀 공작가만 사용하던 신무기가 이제 바올라 제국군의 절반이 사용하고 있으니 더 큰 고민이 될 수밖에 없었다.

"재장전 시간이 길면 그들의 시선을 피해 우회한 기병이 좌우 전열을 공격하면 되겠군."

좌우가 공격에 노출된다면 그들의 진형이 흐트러질 것이다. 기병들이 그들의 틈을 파고든다면 제대로 공격 준비를 할 시간이 없어지게 될 것이다. 경기병들이 대부분인 메이어 신성 제국은 기동성을 이용한 전술이 발달되어 있다. 그들에게 빠르게 파고드는 방법은 얼마든지 있었다.

'하지만 숲이라는 특성상 기병들이 제대로 움직이지 못하니…….'

고민에 빠지는 발타 공작. 가장 큰 문제가 바로 숲이라는 점이었다. 울창한 숲은 기병들이 제대로 움직이기 힘들다. 기병들이 제대로 활약을 하려면 숲이 아닌 평야에서 싸워야 했다.

"제이메드 왕국에서 선출한 이들을 가장 앞에 내세우도록 하라."

그녀가 말하는 자들은 제이메드 왕국에서 교화를 목적으로 강제 징병한 갱들이었다. 그들을 전열 가장 앞으로 세우고 방패로 삼을 생각이었다. 어차피 제이메드 왕국에서 백성들을 괴롭힌 자들이고, 죽어도 기뻐할 이들이 더 많았다.

애초에 메이어 신성 제국군은 그들이 자신들과 함께하는 것을 달갑게 여기지 않고 있었다. 또한 골치 아픈 말썽을 일으키는 건 일상이었다. 내부에서 문제를 일으키니 도움이 안 되는 존재라는 말이 나오고 있었다.

* * *

적들이 알데카야의 숲으로 진격해 온다는 소식을 들은

드리몰드 공작. 드리몰드 공작은 자신감에 차 있었다.

"알데카야가 어떤 곳인지도 모르는 녀석들이로군."

드리몰드 공작은 팔짱을 낀 채 적들이 다가오는 모습을 지켜보았다. 이미 적들이 다가온다는 소식을 들었을 때부터 만반의 준비를 갖춘 상황이다. 온갖 함정이 길목마다 설치되어 있고, 매복병도 곳곳에 숨어서 치고 빠지는 전술을 구사할 것이다. 적군은 그들을 쫓다가 몬스터의 군락으로 향하게 되리라.

"트라비키아 통일 제국도 뚫지 못하고 전멸한 곳이다. 너희들이라고 다를까?"

혼잣말처럼 중얼거리는 드리몰드 공작. 그만큼 그는 자신감에 차 있었다. 바올라 제국의 동부 전선에는 대영웅이 있다면 중앙 전선에는 드리몰드 공작이 있었다.

천 년의 제국 바올라. 건국 당시부터 천 년이 지난 지금까지 유지되어 온 얼마 안 되는 귀족가 중에는 드리몰드 공작가도 있었다. 이 나라가 탄생했을 때부터 천 년의 역사를 함께한 드리몰드 공작가! 세인브리트의 남쪽을 지키는 영지 중 하나로, 무력으로 남바른 공작가나 마이셀 공작가에 밀릴지라도 전략으로는 한 수 앞선다고 자신하고 있었다.

제이메드 왕국이 비록 한 달도 버티지 못했다 하더라도 드리몰드 공작은 자신이 그들의 길을 막고 반격을 하여 섬멸할 수 있으리라 확신했다. 그만큼 병사들의 훈련을 많이 시켰고, 준비도 많이 했다.

타타타타탕!

좀 더 바깥쪽에서 총성이 울린다. 매복한 병사들이 적들과 교전을 시작한 것이다.

"적들이 뚫고 들어오려고 하고 있군."

병력이 자신들이 많다는 걸 이용할 속셈인 것 같았다. 비율상 그들이 2배 정도 많지만, 드리몰드 공작은 어리석다는 듯 피식 웃었다. 저들은 아직 신무기의 위력을 잘 모르고 있었다. 이쪽으로 올 때쯤이면 지금까지 교전하고 있던 매복병들에게 피해가 발생할 것이다.

드리몰드 공작이 들고 있던 무전구에서 소리가 들려온다.

[드리몰드 공작님! 적들이 1차 저지선을 뚫었습니다!]

"알겠다. 병력을 안전하게 후퇴시킬 수 있도록 하라. 추격하고 있는 병력이 있다면 몬스터 서식지로 유인해 섬멸할 수 있도록."

타타타탕!

총성이 조금 더 가까워졌다. 1차 저지선을 밀고 들어오는 적들 때문에 어쩔 수 없이 후퇴하고, 2차에서 막아 내고 있는 소리다.

[2차 저지선이 뚫렸습니다! 적들이 목숨을 걸고 돌격해 오고 있습니다!]

생각보다 적들이 진격하는 것이 빨랐다. 그러나 그들은 자신들의 피해를 생각하지 않고 무모하게 돌격해 오고 있었다. 그것이 그들에게 독이 될 것이다.

"후퇴하라. 마찬가지로 추격하는 적들을 몬스터 서식지로 유인하라."

타타타탕!

총성이 더더욱 가까워지고, 이제는 적들의 함성 소리가 선명하게 들린다.

[적들이 밀고 들어오고 있습니다! 얼마 버티지 못합니다!]

"후퇴하라. 병력을 보전하라."

드리몰드 공작은 적들에게 최대한의 피해를 입히고 아군의 피해는 최소화하기 위해 아군에게 즉시 후퇴하라 명했다. 지금까지 구축해 둔 저지선은 적들에게 피해를 입히면서 진격을 조금이라도 늦추기 위한 것일 뿐. 사실상 진짜배기는 바로 이곳이다. 적들이 별것 아니라고 생각하고 더 무모하게 돌격해 올 수 있도록 일부러 허술하게 만들었다.

"저지선에 있던 병력이 후퇴 중입니다."

"아군과 합류하여 싸울 수 있도록 하라."

마지막에서 적들과 교전하던 아군 매복병들이 진영에 합류한다. 곧 적들의 모습이 보였다. 그들의 모습이 보이자 일사불란하게 지휘가 이어진다.

"일제사격 자세! 조준!"

지휘관들이 일제사격을 명령하자 1열이 앉은 채 조준하고, 2열이 일어선 채 적들을 조준한다.

"발사!"

타타타타탕!

사정거리 안에 들자 일제히 총탄이 발사하여 적들을 명중시켰다. 방패를 내세운 게 무색할 정도로 앞서 오던 적 방패병들이 앞으로 꼬꾸라졌다.

"장전!"

일제사격을 마치자 장전을 시작한다. 적들이 그 틈에 달려오기 시작한다. 그러나 그들 앞에 놓인 목책과 다수의 함정으로 인해 적들이 쉽게 접근하지 못하고 있었다. 그 틈에 장전을 마친 실린건병. 지휘관들이 다시 명령을 내렸다.

"교대 사격 준비! 1열, 조준! 발사!"

타타타타탕!

"1열 장전! 2열, 조준! 발사!"

타타타타탕!

1열과 2열이 교대로 사격을 가한다. 적들의 궁병들은 사정거리 내로 진입하자 화살을 쏘기 시작했지만, 고지에 위치한 그들을 맞추는 것이 쉽지 않았다. 게다가 그들의 곁에는 방패병들도 함께 있었다. 화살이 어떻게 바올라 제국군에게 날아든다 하더라도 방패병들이 들어 올린 방패가 화살을 막아 주고 있었다.

"물러서는 이들은 즉결 처형할 것이다! 밀고 들어가라!"

메이어 신성 제국군의 선봉대의 총지휘관이 소리치고 있다. 어떻게든 밀고 들어가라는 명령. 그리고 그 뒤에는 또 다른 병사들이 검을 든 채 대기하고 있었다. 공포에 질려 달아나는 이들이 있으면 즉시 처형시키는 자들이었다.

가장 앞에 서서 그들의 총알받이를 하고 있던 병사들이 두려워하면서 뒤로 물러나지 못하는 까닭에 목책을 뛰어넘었다. 그럴 때마다 앞에 포진하고 있던 창병들이 창으로 적들이 넘는 것을 막아 냈다.

"으아아! 메바크 새끼들!"

메이어 신성 제국군이 자국을 욕하는 이상한 상황이 펼쳐지고 있었다.

사실 그들은 제이메드 왕국에서 교화를 목적으로 끌려온 갱이었지만 그 사실을 모르는 바올라 제국군은 진입해 오는 적들을 막아 냈다. 목책 위로 적들의 시체가 쌓여 갔다. 적들은 동료의 시체를 밟고 뛰어넘으면서까지 처절하게 목책 안으로 들어오려고 했다.

"뭔가 이상하군. 마법사들이 목책을 부수려는 시도조차 하지 않는다니."

보통 마법사들이 진로를 방해하는 목책을 부수려고 하는데, 그 시도조차 없었다. 거기다 하나 더, 선봉에 선 병사들이 뭔가 이상했다. 진형을 갖추지 않을망정 따로따로 목책에 올라가려다 창에 찔려 쓰러지기 일쑤였다. 게다가 적들의 선봉대는 창을 잡는 방법도 제각각이었다. 오합지졸이 따로 없었다.

"제이메드 왕국이 저런 녀석들에게 당했다는 건가?"

제이메드 왕국은 그 어떤 강대국도 쉽게 접근하지 못할 만큼 천혜의 요새를 갖춘 곳이다. 오합지졸들이 모인 군대에게 당할 만큼 만만한 나라가 아니라는 뜻이다.

"제이메드 왕국에서 피해를 많이 입어 급하게 징병한 이들이 아니겠습니까?"

"그럴 가능성도 있겠군."

메이어 신성 제국이 점령한 지역에 저항군이 있다는 소식은 들었다. 그들의 문제도 있으니 급하게 징병한 자들을 남겨 둘 수 없었을 것이다.

뿌우우우―!

적들이 아무것도 못 하고 다수의 피해를 입자 퇴각을 알

리는 뿔 나팔 소리가 숲 가득 울린다. 그 소리를 듣고 살아
남은 적군이 도주하기 시작한다. 초라하게 비명을 지르고,
전열도 갖추지 않고 후퇴하는 적들. 그 모습을 보고 드리몰
드 공작이 소리쳤다.

"메바크 녀석들. 별것도 아니었군! 적들이 달아난다. 후
퇴하는 적들을 섬멸하라!"

아군의 피해는 전무했고, 적들은 큰 피해를 입었다. 드리
몰드 공작은 후퇴하는 적들을 섬멸하고자 추격 명령을 내
렸다. 드리몰드 공작이 직접 말에 올라타 그들을 추격하기
로 했다. 그가 선봉에 서자 중기병들이 그를 따라갔다. 후
방에 배치된 예비 병력들도 그들을 추격하기 위해 뛰쳐나
갔다. 중기병들이 적들의 앞을 가로막기 위해 출격했다.

"선봉대를 섬멸시켜라!"

드리몰드 공작은 선봉대부터 확실하게 섬멸시키라 명했
다. 선봉대에게 다수의 피해를 입혀 전투 의지를 꺾으려는
것이다.

진형을 갖추지 않고 후퇴하는 적들. 일방적인 학살이라
불러도 될 정도로 적들이 픽픽 쓰러져 나간다. 바올라 제국
군이 적들을 섬멸하기 위해 그들을 처리해 나갔다. 눈앞에
적들이 두려움에 도망치고 있자, 공을 세울 생각으로 가득
해진 바올라 제국군.

"영주님, 뭔가 이상합니다!"

참모의 외침에 드리몰드 공작이 정신을 차렸다. 그러자 그의 눈앞에 숲이 아닌 평야가 나타났다. 드리몰드 공작도 뭔가 이상하다는 낌새를 느끼고 멈추려고 했지만, 때는 이미 늦었다. 정신없이 그들을 추격하다가 숲 밖으로 나오게 되었고, 적들의 본대가 눈앞에 보였다.

"이런!"

정신없이 적들을 섬멸하기 위해 추격하다가 숲 밖으로 나온 드리몰드 공작.

"유인에 걸렸습니다!"

"다시 아군의 진영으로 돌아간다!"

드리몰드 공작이 뒤를 바라본다. 어느새 후퇴하던 적들이 본대와 합류한 것도 모자라 퇴로까지 가로막아 사방을 포위하고 있었다. 이런 탁 트인 장소에서 적들의 기병과 맞서 싸울 수 없다!

본대 쪽에서 한 중년의 남성이 말을 타고 앞으로 몇 걸음 나오며 소리친다.

"난 바올라 공격군 총사령관인 테트 딘 발타 공작이다! 그대가 대장인가?"

가장 앞장서서 수많은 군을 이끌고 있기에 공작을 최소 기사단장 정도라 생각한 발타 공작. 드리몰드 공작이 소리쳤다.

"난 바올라 제국의 명예로운 기사이자 영주, 자크 비 드리몰드 공작이다!"

"영주였다는 말인가? 그럼 번거롭게 타인을 통해 전달하지 않아도 되겠군. 귀측에 명예로운 항복을 요구한다! 적이라고 하더라도 죄 없는 사람들이 죽는 것을 원치 않으니 항복하라!"

"어림없는 소리! 우린 승리할 때까지 싸울 것이다. 승리하지 못한다면 죽을 때까지 싸울 것이다! 해 볼 테면 해 봐라! 아군은 검을 들어라. 포위망을 뚫는다!"

드리몰드 공작이 후퇴 명령을 내리자 다시 왔던 길을 되돌아간다. 수많은 화살이 사방에서 날아들며 바올라 제국군을 공격한다. 바올라 제국군은 공격을 맞아 가며 처절하게 포위망을 뚫기 시작했다. 그러나 발타 공작은 아무런 명령을 내리지 않고 그들을 가만히 바라보았다. 그의 얼굴에는 이미 미소가 번져 있었다. 여유마저 보이는 미소. 바올라 제국군은 자신들의 포위망을 뚫고 재빨리 숲 안으로 달려가고 있었다. 발타 공작이 말한다.

"작전대로 적들의 진형으로 천천히 돌입한다. 총공격을 내려라."

"총공격하라!"

발타 공작의 명령이 하달된다. 북소리가 사방에서 울려 퍼지고, 곧 메이어 신성 제국군이 숲으로 들어가기 시작한 다.

숲으로 들어온 드리몰드 공작. 참모가 뒤를 돌아보고 추 격하는 병력이 없자 의아한 얼굴로 말한다.

"영주님, 적들이 추격해 오지 않고 있습니다."

"발타 공작, 지금 날 무시하는 건가!"

드리몰드 공작이 으득 이를 갈았다. 자신을 무시한 대가 를 톡톡히 치르게 해 주겠다며 이를 갈며 다시 방어선 안으 로 들어온 드리몰드 공작. 약 10분 후, 적들의 모습이 보였 다.

"적들에게 자비를 보이지 마라! 적들이 사정거리에 들어 왔을 때, 쏴라!"

드리몰드 공작의 명령에 실린더병들이 조준을 한 채 대 기한다. 그때 메이어 신성 제국군에서 돌격 명령이 떨어졌 다.

"이때다! 폭발시켜라!"

발타 공작의 우렁찬 외침. 그리고……

콰아아앙!

갑자기 목책에서 폭발이 일어났다. 마법사들이 마법을 날리는 낌새도 없었는데 갑자기 폭발이 왜 일어난단 말인가! 목책 인근에 쌓여 있던 적들의 시체가 그 폭발에 사라지고, 근방에 있던 아군들이 피해를 입었다.

"이런 말도 안 되는……!"

지금까지 저들이 무모하게 돌격시킨 것은 다 이것 때문이었다. 아군에게 폭발의 룬을 새기다니! 휴전 전에 치렀던 전쟁에서 어린아이들에게 폭발의 룬을 새겨 피해를 입혔다는 소문을 들었지만, 설마 아군의 병사들에게까지 그런 짓을 할 줄은 몰랐다.

그들의 진격을 막고 있던 목책이 산산이 부서지고 그들의 진입로가 확보되었다. 실린건병들은 그 폭발에 휘말려 이미 대지 위에 쓰러져 있는 상황.

"총공격하라!"

적들에게서 총공격 명령이 떨어졌다.

＊　　　＊　　　＊

치열한 전투가 벌어지고 있는 중앙 전선과 달리, 마이셀 공작령은 여전히 평화로운 분위기였다. 치안을 위해 순찰을 강화하여 전쟁 중이라는 것만 알 수 있을 뿐이지, 실질적으로 전투가 벌어지지 않으니 비교적 평화로운 분위기다.

동부 전선의 적들은 공격해 오지 않고, 중앙 전선에 집중된 상황. 발렌은 알데카야에 출전하고자 했지만, 거절을 당해 여전히 저택에 머문 채 평화로운 분위기를 만끽하고 있었다.

집무를 마치고 밖으로 나온 발렌은 마을의 큰 나무에 등을 기댄 채 햇볕을 쬐고 있었다. 그의 옆에는 레이나와 이바나도 함께 있었다. 이바나와 레이나는 오늘 일이 없었고, 발렌은 일을 마친 터라 시간도 여유로운 김에 셋이 산책을 나온 것이다. 돗자리 위에 누워 책을 보고 있던 발렌은 혼잣말로 중얼거렸다.

"중앙 전선은 치열한 상황일 텐데 이렇게 평화를 만끽해도 되려나……."

"오빠도 참. 전투가 없으면 좋잖아."

"그렇긴 하지만 불안해서 말이야."

보나바르의 저주가 이렇게 평화로운 상태로 전쟁을 끝낼 것 같지 않다는 게 발렌의 생각이다. 엘리즈는 무슨 생각인지 출정 요청을 계속 거부하고 있었다. 동부 전선에 발렌이 없다면 그들이 밀고 들어와 양쪽으로 공격을 당할 테니 동부 전선에 계속 있으라고 하고는 있지만…….

'우리 영지가 예전처럼 쉽게 패배할 곳은 아닌데 말이야.'

병력도 많고, 저번 전쟁의 승리에서 사기가 오를 대로 오른 상황이다. 저번에는 아덴 공작에게 계속된 패전에 사기가 곤두박질쳤다면 지금은 하늘을 찌를 기세인 것이다. 게다가 또다시 벌어질 전투를 대비해 이비 스톤이 가득 쌓여 화력으로도 적들에게 맞설 수 있었다. 발렌이 중앙 전선을 정리하고 동부 전선에 다시 도착해 그들을 막아 내면 됐다.

"명색이 대륙 최강국인데 적들이 어떻게 할 수 있겠어?"

레이나는 발렌에게 염려하지 말라는 듯 말한다. 그러나 이 불안감은 도무지 떨칠 수 없었다.

그런 그의 불안감을 잠시 잊게 해 주는 상황이 연출되었다.

주륵—

"어이쿠."

발렌이 손으로 코를 틀어막았다. 또다시 이유 없이 코피가 터진 것이다.

"또 코피야? 요즘 너무 무리하고 있는 거 아니야?"

이바나가 걱정스러운 표정으로 손수건을 건넸다. 최근 발렌이 코피를 흘리는 모습을 자주 보는 탓이다.

"그러고 보니 오빠, 요즘 코피를 자주 흘리네. 하루에 두 번은 보는 것 같아."

레이나는 최근 발렌이 코피 흘리는 모습을 자주 보았다.

같은 집에서 살다 보니 그와 많이 마주치기 때문이다.

"뭐야. 너 정도 되는 사람이 얼마나 무리를 하면 그렇게 코피를 흘리는 거야? 혹시 어디 아픈 거 아니야? 병이라도 걸렸어?"

이바나가 걱정스러운 듯 그를 바라본다. 발렌은 손수건으로 코피를 닦아 내며 어깨를 으쓱였다.

"아팠으면 침대에 누워서 골골거리고 있었겠죠. 애초에 저 정도 되는 사람이 아파서 골골거리는 게 말도 안 되고요."

마나를 몸에 쌓은 자들은 병에 대한 면역력이 강하기 마련이다. 발렌의 경우 어지간한 병에 걸릴 만한 사람이 아니었다.

"사실이지만 은근히 재수 없게 들리는 말이야, 그거. 남 앞에서 그런 소리 하지 마. 오해할라."

"주의하도록 하죠."

발렌이 천연덕스럽게 웃으며 코피를 닦아 냈다. 잠시 후, 코피가 멎자 잠시 나무에 등을 기댔다. 또 어지럼증이 느껴졌다. 확실히 최근 자주 이러는 것 아닌가 그런 생각을 해 본다.

『정말 괜찮느냐?』

리티가 걱정스러운 듯 물었다. 발렌이 대답했다.

'예. 문제없어요. 걱정해 줘서 고마워요, 리티.'

『……그래.』

리티는 더 이상 말하지 않았다. 발렌이 가만히 있자니 그의 입가로 뭔가가 다가온다. 이바나가 샌드위치를 집어 그의 입에 들이밀고 있는 것이다. 이바나와 레이나가 둘이서 만든 샌드위치였다.

"이거라도 먹고 기운 내."

발렌이 피식 웃었다. 딱 봐도 이바나 본인이 만든 샌드위치가 분명했다. 맛 평가를 바라는 듯한 느낌이다. 발렌이 한 입 크게 베어 물었다. 아삭하게 씹히는 야채와 얇게 썬 고기의 맛이 입에 감돌았다.

"맛있네요."

거짓말이 아니라 정말 맛있었다.

"그렇지?"

이바나가 호호 웃었다. 고작 샌드위치이지만, 자신이 만든 요리를 먹고 맛있다고 하니 기분이 좋아지는 이바나. 발렌이 오물오물 씹다가 목 뒤로 삼키며 더 말한다.

"근데 간단하게 먹기 위해 만드는 샌드위치에 그 비싼 향신료를 넣다니. 사치의 끝을 달리는 기분도 드네요."

"뭐야, 맛있게 먹어 놓고 일일이 그런 걸 따지는 거야?"

이바나가 뺨을 부풀렸다. 그 모습을 보고 발렌이 웃었다.

알레하그라 이후, 발렌을 찾으면서 이바나는 평소 보여 주지 않는 모습을 많이 보여 주고 있었다. 그만큼 서슴없어졌다는 뜻도 되었지만 그에게 드러내는 표현이 더 솔직해진 것이다.

'사실 샌드위치는 맛없게 만들기가 더 힘든 음식이지만요.'

그 말을 하면 단단히 삐칠 것 같아 일부러 말하지 않는 발렌. 레이나는 옆에서 입을 가린 채 호호 웃고 있었다. 이바나와 발렌의 모습을 보면 친구 같아 보이지만 둘 나름대로의 애정 표현일지도 모르겠다.

발렌과 이바나가 서로 좋아한다는 말을 했다는 사실은 그 누구도 모르지만, 이미 주위 사람들은 대강 짐작을 한 상황이다. 알레하그라 전투 이후 만났을 때 그들의 모습이 조금씩 바뀌었으니 말이다.

'좀 빠져 줄까?'

레이나가 잠시 자리를 비워서 알콩달콩한 시간을 보낼 수 있게 할까 생각하던 찰나였다. 급하게 이곳으로 뛰어오는 이를 볼 수 있었다. 자세히 보아하니 벨루나 자작이었다. 발렌은 진작에 그가 오고 있는 것을 알았는지 벌써 그곳을 바라보고 있었다.

"영주님!"

벨루나 자작이 숨을 거칠게 내쉬고 있었다. 저택에서 이곳까지 쉬지 않고 뛴 듯 땀범벅이다. 발렌이 물었다.

"무슨 일이세요?"

"큰일 났습니다. 그 어떤 때보다 큰일이 닥쳤습니다!"

"……?"

벨루나 자작이 그렇게 말할 정도면 보통의 일이 아니라는 뜻이다. 발렌이 진지한 표정이 되었다.

"뭐죠?"

"적들이 단 이틀 만에 알데카야를 점령, 돌파하고, 세인브리트를 포위하여 공격하고 있다고 합니다!"

"……!"

그 말에 발렌이 들고 있던 샌드위치를 떨어뜨렸다. 옆에서 듣고 있던 이바나와 레이나의 눈도 보름달처럼 커졌다.

"무슨 소리죠? 세인브리트가 공격을 받고 있다니!"

알데카야가 고작 이틀 만에 뚫리고 점령당하다니! 쉽게 믿을 수 없는 일이었다. 알데카야에도 실린건과 실린더, 대형 실린더로 무장한 이들이 있을 텐데 말이다. 그것을 활용하여 화력으로 압도할 수 있을 텐데, 어찌 그렇게 쉽게 뚫린단 말인가!

"자세한 이유는 아직 알려진 바가 없습니다만, 적들의 기만전술에 말려든 것 같습니다. 지금 메이어 신성 제국군의 총사령관으로 있는 이는 발타 공작으로, 유인과 기만전술에 능하다고 평가되는 자입니다."

발렌이 이를 아득 물었다.

"지금 즉시 세인브리트로 갑니다."

발렌이 자리에서 일어선다. 텔레포트를 하기 위해 마나를 끌어모으려고 하는데, 뭔가 이상했다.

'뭐지? 텔레포트를 할 수가 없어?'

텔레포트를 할 수가 없었다. 세인브리트 성벽 밖으로 좌표를 설정하고 다시 해 봤지만 역시나 마찬가지다.

"방해 마법……."

이쯤되자 발렌은 텔레포트를 할 수 없는 이유를 찾을 수 있었다. 바로 방해 마법이었다. 그렇다면 텔레포트 게이트를 이용하고자 했다.

"벨루나 자작, 텔레포트 게이트를 연결합니다. 세인브리트 마탑에 보고하도록 하세요."

그의 말에 벨루나 자작은 난감한 표정을 지었다.

"마탑주님께서 연락을 취했습니다. 세인브리트의 모든 텔레포트 게이트는 이미 막아 뒀다고 합니다. 저도 적들이 텔레포트 게이트를 타고 올 수 있으니 막아 뒀다고 하여 세인브리트가 공격받고 있다는 사실을 알게 되었습니다."

"큭!"

텔레포트 게이트를 막아 두는 이유는 명확했다. 아군이 텔레포트 게이트를 타고 지원하는 경우도 있지만, 그 반대로 이용할 수 있는 것이 텔레포트 게이트였다. 적이 텔레포트 게이트를 연결하여 소수의 병력으로 세인브리트 내부를 휘저을 수도 있기 때문이다.

실제로 바올라 제국도 먼 옛날, 적의 텔레포트 게이트를 타고 적의 국왕을 사로잡아 항복을 받아 낸 적이 있었다.

그런데 적들도 텔레포트 방해 마법을 펼치고 있는 상황. 그들도 발렌이 합류하는 것을 원치 않는 것이다. 그가 합류하면 어떻게 될지 모르니 최대한 방해하고자 세인브리트 전역에 마법을 펼친 것이다.

"그렇다면 가장 가까운 곳으로 텔레포트를 할 수밖에 없겠군."

'남바른 공작령.'

세인브리트에서 가장 가까운 영지라고 한다면 남바른 공작령이다. 말을 타고 사흘이면 갈 거리이다. 사흘 동안 세인브리트를 방어한다면 발렌이 도착할 수 있었다.

'하지만 동부 영지가 문제인데…….'

자신이 세인브리트로 갔다는 사실을 알게 된다면 그동안 움직이지 않던 동부 전선의 적들도 움직이기 시작할 것이다. 발렌은 그들을 최대한 막아야 했다.

"렌, 한 가지 부탁하자."

발렌이 레이나를 바라보며 두 손을 꼭 잡았다.

"좀 위험한 일이 될 수 있지만 너밖에 하지 못하는 일이 야."

"뭔데?"

발렌이 진지한 표정으로 그녀의 손을 붙잡는다. 레이나는 그에게서 보기 힘든 진지한 표정에 침을 꼴깍 삼켰다.

바올라 제국은 천 년의 역사를 가진 나라인 만큼 그 어떤 나라보다 강대하고 뛰어난 문화 혁명을 이룬 곳이다. 그러나 천 년의 역사를 가지게 된 만큼 많은 문제점이 곳곳에서 드러났다. 오랜 평화와 절대 무너지지 않을 것이라는 확고한 믿음, 그리고 단 한 번도 세인브리트가 적들의 수중에 넘어가지 않았다는 역사 때문이다.

위대한 역사이지만 이 위대한 역사가 오히려 독이 되고 말았으며, 이는 메이어 신성 제국과의 전쟁으로 드러나게 되었다. 세인브리트의 성벽은 걸으로 보기에는 웅장하고 화려하며 또한 튼튼해 보였지만, 보수가 제대로 이루어지지 않아 취약한 곳이 많았다. 이 사실을 알고 있던 프리실라 여제는 알데카야를 점령하기 무섭게 바로 세인브리트로 진격하기 시작했다.

　　　──『천 년 제국 바올라 2부』257p 발췌──

＊　　　＊　　　＊

"이제 남은 것은 세인브리트로군요. 발타 공작, 고생하셨습니다."

"황송합니다, 황제 폐하!"

프리실라는 만족스러운 표정으로 자신의 앞에 부복한 발타 공작을 바라보았다. 제이메드 왕국에서 징병한 이들에게 폭발의 룬을 새겨 적들에게 피해를 입히고 돌파하는 방법을 구사했다. 썩 좋은 방법이라고 말하지는 못하지만, 이 전략이 아니었으면 돌파하지도 못했을 것이다.

그렇다고 이쪽의 피해가 아주 없던 것은 아니었다. 적들의 신무기가 워낙 위력적이고, 적들의 저항이 격렬해 3만의 피해를 보았기 때문이다.

세인브리트로 가는 길목을 점령하자 적들은 세인브리트

방어를 위해 달아났다.

신무기가 워낙 위력적이라 이런 방식으로 싸울 수밖에 없었다. 또한 적들을 섬멸하면서 포로들과 함께 적들의 신무기를 다량 노획할 수 있었다. 신무기의 위력을 알아본 프리실라는 포로와 무기를 자국으로 보내 어떤 원리로 발사되는지 확인하고, 복제품을 만들어 전장에 투입할 생각이었다. 전군에 배치할지 말지는 추후 확인해 봐야겠으나, 장기적으로 본다면 자신들에게도 큰 힘이 될 것이다.

적들의 무기 분해하여 원리를 알면 그것을 이용할 수 있게 되는 것이고, 자국에서도 생산이 가능해진다.

"노획한 신무기 몇 정을 자국으로 보내어 그 원리에 대해 파악할 수 있도록 하세요. 우리도 추후 사용할 수 있을지도 모르니까요."

적들의 무기를 자신들이 흡수해 사용하고자 하는 프리실라. 적들의 장점을 흡수하면 그것이 곧 자신들의 힘이 된다고 믿었다. 메이어 신성 제국은 타국의 문물을 크게 거부감 없이 받아들이기 때문에 금방 소화해 낼 수 있을 것이다.

"이제 세인브리트만 남았군요."

바올라 제국의 수도인 세인브리트. 그 어떤 나라도 점령하지 못한 세인브리트를 말 그대로 눈앞에 두고 있는 상황이다. 세인브리트를 함락하기만 하면 전세가 역전될 것이다. 세인브리트는 바올라 제국의 수도라는 상징성과 영원한 수도라는 자부심도 함께 있었다.

지금까지 단 한 차례도 외세에 점령당한 적 없는 세인브리트. 그 강력하다는 트라비키아 통일 제국조차 세인브리트를 포위하지 못한 채 철수해야 했다. 그곳을 목전에 두고 있으니 이곳에 있는 모든 이들이 흥분을 가라앉히지 못하고 있었다. 아이벤 대륙 최강국을 이렇게까지 몰아붙이고 수도를 눈앞에 두고 있으니 흥분하는 것도 무리는 아니다. 메이어 신성 제국군의 사기는 하늘을 찌르는 듯했다.

"이 기세를 몰아 세인브리트로 진격합니다. 세인브리트는 비교적 쉽게 점령할 수 있을 겁니다. 엘리즈 여제를 사로잡아 이 전쟁을 완전히 종식시킬 수 있도록 하지요."

한 나라의 수도를 쉽게 점령할 수 있다는 자신감을 보이는 프리실라. 모든 이들의 눈에서 빛이 일렁였다. 특히 마리나 성녀의 눈은 더더욱 빛이 났다. 프리실라는 사람들을 물리고 곧 자신의 막사로 들어갔다.

"세바스."

"예. 폐하."

그녀의 부름에 세바스가 바로 응답했다. 아무것도 없는 공간에서 그가 돌연 나타났다. 그럼에도 프리실라는 당황하지 않고 익숙한 듯 말한다.

"부하들과 세인브리트에 잠입하여 혼란을 가중시키도록 하세요. 그리고 그대는 황성으로 잠입해 엘리즈 여제를 사로잡도록 하세요. 죽이면 안 됩니다. 반드시 사로잡으셔야 합니다."

"예, 황제 폐하!"

돌연 나타난 것처럼 순식간에 그가 사라진다. 드디어 세인브리트가 자신에게 들어온다. 어렸을 적부터 바올라 제국의 황제가 되고 싶었으나 정략혼인에 희생되어야만 했던 자신의 정해진 운명.

미래를 볼 수 있어도 바꾸지 못하는 미래. 그런 미래때문에 모든 것을 포기해야만 했던 프리실라. 그런 그녀가 메이어 신성 제국의 황제가 되어 세인브리트를 목전에 두고 있다. 지금까지 이날을 위해 참고 견뎌 왔다.

'내 반드시 바올라 황실의 악순환의 고리를 끊겠어.'

그녀의 눈에 독기가 서렸다.

*   *   *

세인브리트가 포위되었다. 알데카야가 점령당했다는 소식에 피신을 떠난 이도 있지만, 수도를 지키려고 군에 합류한 백성도 다수 있었다.

'최대한 오랫동안 지켜야 한다.'

엘리즈는 세인브리트에 남아 있었다. 지원군이 올 때까지 지킨다면 승리할 것이다. 남바른 공작가에서 병력을 집결시켜 곧 세인브리트로 올 것이다. 그때까지만 지키면 된다. 다른 근위 단장들은 동서남북의 지휘를 맡기 위해 흩어졌고, 그녀의 곁에 있는 사람은 마르크 근위 단장뿐이었다.

[적들이 동문을 공격하기 시작했습니다! 교전을 시작합니다!]

[남문도 마찬가지로 적들이 공격을 시작했습니다!]

"동문과 남문은 끝까지 지키도록 하세요. 필요하다면 예비 병력을 보내도록 하겠습니다."

엘리즈는 무전구를 통해 황성에서 적들의 움직임을 계속 보고받았다. 바올라 제국 역사상 수도가 공격당하는 첫 사례였다. 세인브리트에 있는 많은 귀족들이 수도가 점령당하는 것이 아닌가 하고 염려했다.

적들은 대부분 동문과 남문에 병력이 몰려 있었다. 북문과 서문은 비교적 안전하다지만 적들이 아예 없는 것은 아니었다.

엘리즈는 필요하다면 세인브리트가 함락되어도 비밀 통로를 통해 피신하여 끝까지 적들에게 맞설 생각이었다. 그 때문에 전군에 한쪽 성문이 뚫리게 된다면 곧장 남바른 영지로 가서 합류하라는 명령을 하달했다.

"끝까지 항전해서 시간을 벌어야 됩니다. 아직 한 달은 넉넉하게 버틸 수 있으니까요."

비축된 식량은 한 달 분. 세인브리트에 거주하는 백성들의 몫까지 합쳤을 때의 계산이다. 한 달이라면 남바른 공작가도 병력을 모아 적들의 후방을 칠 수 있었다.

'한 달이 넘어도 한 달만 참고 버티면 초겨울의 시작이다.'

적들은 따뜻한 나라에서 온 이들이다. 메이어 신성 제국은 겨울이라는 게 없다. 1년 내내 여름이며 눈을 본 이가 손에 꼽을 정도다. 그런 그들에게 겨울은 매우 치명적일 것이다. 별것도 아닌 추위도 혹한으로 느끼리라. 겨울까지 버티기만 해도 반격을 시작할 수 있었다.

"적들에게는 시간이 없습니다. 버티고 버텨서 반격의 기회를 엿봐야 합니다."

엘리즈만 아니라 모든 이들도 같은 생각이었다. 메이어 신성 제국군의 가장 치명적인 약점은 추위. 가을인 지금도 밤에 모닥불 주위에 옹기종기 모여 덜덜 떨고 있다는 보고도 들어오고 있었다.

'월동 준비를 제대로 하지 않았다고 하니 최대한 빨리 몰아치려고 하겠지.'

휴전이 성사되고 메이어 신성 제국군 내에 첩자를 심어 두어 그들의 정보를 어느 정도 알아낸 엘리즈. 프리실라가 이끄는 병력이 월동 준비가 되지 않았다는 것도 첩보를 통해 알 수 있었다. 제이메드 왕국에서 서둘러 월동품을 조달하려고 한다는데, 저항군이 보급품을 나르는 병사들을 공격하고 있어 보급이 원활하지 않다는 모양이다.

"황제 폐하!"

대전 밖에서 다급한 목소리가 들려온다. 경비를 서는 경비병으로 보였다.

"무슨 일이죠?"

엘리즈가 물었다. 경비병 중 대장으로 보이는 자가 외쳤다.

"나, 남문의 성벽이 무너지려고 하고 있습니다! 서둘러 피신하셔야 합니다!"

"뭐라고요?"

엘리즈가 무전구를 바라본다. 성벽이 무너지려고 하다니? 아직 그런 보고는 무전구로 오지 않았다. 무전구로 연락을 취하려는 엘리즈. 마르크가 손을 뻗어 그녀를 제지했다.

"소속을 대라."

"세인브리트 경비 1대대입니다!"

"세인브리트 경비 1대대가 어떻게 남문의 상황을 알고 있는 것이더냐?"

"예?"

"경비 1대대와 2대대는 1년 전에 서로 맡은 지역이 바뀌었을 텐데?"

마르크의 말에 대전이 일제히 침묵으로 감싸인다. 그들은 아무 말도 하지 못하고 침묵했다.

사실 지역이 바뀌었다는 말은 거짓말이다. 애초에 무전구가 보급되었을 텐데 사람이 직접 와서 말을 전한다는 게 말이 안 됐다. 확실하게 하기 위해 확인을 해 본 것인데, 역시 아니었다. 그에 대해 반문하지 않는 모습을 보고 마르크가 소리쳤다.

"저들을 체포하라!"

"……."

기사들이 칼을 빼 들고 그들을 둘러싼다. 그들에게서 말이 없었다. 그러나 순식간에 지니고 있던 무기를 빼어 들고 기사들에게 달려든다.

"저들을 막아라!"

채채챙!

병장기가 부딪치는 소리가 대전 가득 울린다.

"황제 폐하를 보호하라!"

마르크가 소리치는 순간이었다.

"그러기에는 너무 늦은 것 같은데?"

모든 이들이 흠칫 놀랐다. 엘리즈가 있는 곳에서 들려오는 낯선 목소리. 모두의 시선이 엘리즈가 있는 곳으로 향하고, 경악했다. 엘리즈는 어느새 누군가에 의해 검으로 위협받고 있었다. 검은 복장에 가면을 쓴 자. 지금까지 황성에서 난리를 피웠던 자객이라는 것을 알 수 있었다.

'어, 언제?!'

전혀 눈치채지 못했다. 심지어 바로 옆에 있던 마셀조차 자객이 그녀를 위협하고 있었는지 깨닫지 못하고 있었다.

"모두 무기를 버리고 뒤로 물러나라. 안 그러면 상상하기도 힘든 일이 벌어질 테니까."

"이 목소리는…… 가론?!"

마셀의 외침. 가면을 쓴 이가 마셀에게 시선을 향했다.

"이런. 노인네라고 속으로 무시했는데, 설마 몇 년이 지나도록 내 목소리를 기억할 줄이야. 오랜만입니다, 마셀 보좌관."

세바스는 이제 숨길 이유가 없다는 듯 가면을 벗어 던졌다. 그는 여유로운 얼굴로 그들을 바라보고 있었다. 마셀의 이마에 핏대가 섰다. 가벨이 황위에 올랐을 때, 보좌관으로 발탁되어 옆을 지키던 가론. 명예 내전 당시 그를 따라가서 보좌하다 죽었을 거라 생각했는데, 살아 있었던 것이다.

"가론, 지금 네가 붙잡고 계신 분이 누군 줄 알고 그러는 것이냐?"

"잘 알다마다요. 황가의 2남 2녀 중 차녀이자 막내, 엘리즈 폰 바올라 황제 폐하가 아니십니까."

"네놈, 메이어 신성 제국의 개였나!"

세바스는 말없이 웃고만 있었다. 그 표정과 침묵을 보고 긍정이라는 것을 깨달은 마셀. 메이어 신성 제국의 사람이 가벨에게 접근했을 줄은 상상도 못했다.

"죽었다고 생각한 제가 살아 돌아온 것에 대한 감격의 재회는 나중으로 미루도록 하지요. 마음은 이해하지만 더이상 다가오지 않는 게 좋을 겁니다. 조금이라도 수상쩍은 행동을 하다가는 당신들 황제 폐하의 옥체가 상하는 것으로 안 끝날 수 있으니까."

세바스의 눈이 서리처럼 차갑게 가라앉았다. 그는 정말 조금이라도 미동이 있다면 망설임 없이 단도로 그녀의 목을 벨 생각이었다. 그의 진심이 전해졌는지 근위 기사와 병사들이 함부로 움직이지 못했다.

"저는 신경 쓰지 말고 처리하세요!"

엘리즈의 외침이었다. 그러나 그녀의 말을 듣고도 아무도 움직이지 못했다. 그녀가 괜찮다고 하지만, 그녀는 황제이다. 자신들이 움직이면 그녀의 목숨이 위험해지기 때문이다.

"네놈은 포위됐다. 오히려 궁지에 몰린 건 네놈이다. 투항하라!"

마르크 근위단장이 소리친다. 그러나 세바스가 가소롭다는 듯 피식 웃었다.

"시답잖은 협박인가? 미안하지만 난 순순히 물러날 생각이 없거든."

그리고 세바스가 단도로 그녀의 목을 살짝 그었다. 엘리즈의 목에서 피가 흐른다. 그 모습을 보고 모두의 얼굴이 파랗게 질렸다.

"이건 경고일 뿐이다. 다시 한번 경고하지. 한 발자국이라도 움직이는 녀석이 있으면 황제의 목숨을 거둬 가겠다."

살기가 주위를 장악한다. 모두가 으득 이를 갈았다. 황제는 구해야 되겠고, 조금이라도 수상쩍은 행동을 보이면 죽이려고 들고.

'레딘 근위단장을 불러야 돼.'

레딘은 현재 북문에 배치되어 병사들을 지휘하고 있다. 공격이 오지 않는 북문이라면 그가 잠시 자리를 비워도 될 것이다. 그가 이곳에 도착한다면 순식간에 녀석을 제압할 수 있으리라. 제아무리 뛰어난 자객이라 할지라도 오러 나이트급 기사인 레딘의 움직임을 따라가기 힘들 테니까. 무전구가 있으니 금방 이 사태를 알고 그가 찾아올 것이라 믿는 마르크. 그때였다.

쿠르르릉!

마치 천둥처럼 거대한 소리가 멀리서 울려 퍼진다. 무슨 소리인지 알 방법은 없었다. 그러나 심상찮은 일이 벌어진 게 분명했다.

"드디어 무너진 모양이군."

"무너졌다고? 무엇이 무너졌다는 것이냐."

"성벽 말이다. 내가 보좌관으로 일하면서 조사한 게 있었지. 세인브리트의 동문과 남문은 보수가 제대로 되지 않아 무너지기 일보 직전이라는 걸."

그 말에 모두가 거짓말이라며 믿지 않았으나, 곧 무전구에서 다급한 외침이 들려왔다.

[폐, 폐하! 동문 성벽이, 성벽이 무너졌습니다! 적들이 몰려오고 있습니다! 제가 최대한 시간을 벌 테니 조속히 각 성문을 방어하고 있던 병력은 철수하고, 황제 폐하께서도 서둘러 피신하시옵소서!]

다급한 목소리. 그 소리에 대전에 있던 모든 이들이 자신의 귀를 의심했다.

[서문, 확인했다. 하지만 우회하기에는 적들이 너무 많기 때문에 우회는 불가능하다고 판단한다. 본 측은 서부 영지로 향하겠다.]

[남문, 확인했다. 우리도 서문을 따라 철수하겠다.]

[북문, 확인했다. 본 측은 예정대로 남바른 공작령으로 향하겠다. 동문에 있는 경의 무운을 빌겠다.]

모두 엘리즈가 명령한 대로 곧장 실행에 옮겼다.

"무슨 작전인지는 모르지만 아무래도 세인브리트가 함락되면 곧장 철수하라는 명령을 내렸나 보군."

끝까지 수도를 지키지 않고 병력을 온전히 보존하여 언제든 반격을 할 수 있도록 하려고 철수를 명령했던 엘리즈. 그것이 오히려 그녀를 옥죄는 일이 되어 버렸다.

"운이 없어도 너무 없었어. 명색이 수도라는 곳의 성벽이 이렇게 쉽게 허물어질 줄이야. 고작 포위한 지 하루도 안 됐는데 말이지. 아무래도 승리의 여신은 우리의 손을 들어 주고 계시는 모양이로군! 크하하하!"

세바스의 웃음소리가 대전 가득 울려 퍼졌다.

* * *

남바른 공작령의 저택. 남바른 공작은 메이어 신성 제국군이 알데카야를 점령하고 곧장 세인브리트로 진격했다는 소식을 듣고 각 영주들에게 이 소식을 전하여 자신의 영지로 병력을 집결시키는 중이었다.

저번 전쟁에서 1군단이 포위를 당하여 많은 희생이 따랐던 동부 영지. 그리고 그 대다수가 동부 전선에 있었기 때문에 병력을 집결시키는 데 많은 어려움이 따르고 있었다.

'수도에 비축된 식량으로는 한 달도 채 버티지 못할 터인데.'

이 속도라면 한 달 내로 원하는 만큼 병력을 채우지 못하고 출정해야 할 판이었다. 남바른 공작가에 식량과 무기는 많이 있으나, 병력이 가장 큰 문제였다. 병력의 수를 어떻게든 메우기 위해 용병들을 고용하고 있는 실정이었다.

'제이메드 왕국에서 온 병력들은 서부로 향했고…….'

서부는 자신들보다 더더욱 병력의 수가 열악한 상황이다. 그곳은 한 군단이 괴멸하고 나머지 군단은 절반의 피해를 입었으니 출정은 엄두조차 내지 못하고 있다. 결국 병력은 수도에서 동쪽에 위치한 영지들이 지원해야 했다. 여러 가지 제약이 생기자 많은 것이 힘들었다.

"공작 전하."

집무실에서 업무를 보고 있던 남바른 공작에게 보좌관이 찾아왔다. 남바른 공작이 보좌관을 바라본다.

"무슨 일이지?"

"마이셀 공작이 공작 전하를 뵙고자 요청하고 있습니다."

"동부 전선에 있어야 할 그가 이곳에 왔다고?"

남바른 공작은 의아한 표정이었다. 발렌이 찾아왔다고 하니 일단 안으로 들였다. 곧 집무실 안으로 발렌이 들어왔다. 정말 그가 이곳에 와 있었다.

"오랜만입니다, 공작 전하."

"오랜만이네, 마이셀 공작. 한데 여기까지 어떻게 왔는가?"

마이셀 공작령에서 남바른 공작령까지 빨라 봐야 한 달. 그것도 거의 쉬지 않고 강행군을 했을 때의 얘기이다.

"텔레포트로 왔습니다. 공작 전하가 계신 저택의 좌표를 몰라 아올란 마을을 통해 왔습니다."

"그런가? 자네가 이곳에 있다는 걸 알면 적들이 동부 전선에서 공격을 개시할 텐데, 괜찮겠는가?"

남바른 공작은 그의 말에 쉽게 납득했다. 발렌이 현재의 세인브리트 마탑주보다 뛰어난 마법사라는 것을 레딘에게 들었다. 어떻게 단기간에 그만한 경지에 올랐는지 자세한 사정은 들려주지 않았지만, 기연을 얻었다고 생각하고 있었다. 마탑의 사서인 만큼 도서관 내에서 뭔가 대단한 마법서라도 발견했겠거니 생각한 것이다.

"동부 전선은 크게 걱정하지 않으셔도 됩니다. 동부 전선보다 세인브리트가 더 중요합니다. 원래 세인브리트로 가려고 했지만, 적들이 텔레포트 방해 마법을 펼쳐 둔 터라 갈 수 없었습니다."

세인브리트 전역이 방해 마법으로 가로막혀 발렌은 남바른 공작령으로 올 수밖에 없었다. 그는 남바른 공작령에 도착하기 무섭게 남바른 저택으로 향한 것이다.

"세인브리트를 적들이 포위하고 있다 들었습니다. 서둘러 지원을 가야 하지 않습니까?"

"적들이 알데카야를 공격하기 전부터 병력을 모으고 있었지만, 사정이 여의치 않네. 저번 전쟁에서 많은 피해를 입은 데다 동부 전선에 병력이 많이 배치되어 더더욱 어려운 형편이지. 기껏 모은 병력이 2만이 조금 안 되네."

그 정도 병력으로 적들의 뒤를 공격하기에는 확실히 어려움이 따랐다. 적들은 세인브리트를 포위했는데, 이쪽은 한 성문의 적만 겨우 포위할 병력일 뿐이다. 까딱 잘못하면 지원을 하러 갔다가 역으로 당할 가능성이 더 컸다.

남바른 공작령에서 끌어모은 수가 1만이고, 나머지 영지에서 최대한 끌어모아서 합친 게 고작 2만에 가까운 수이다. 성을 지키는 최소한의 병력만 남기고 나머지를 모두 지원한 영지도 있을 정도다. 때문에 남바른 공작은 신중해질 수밖에 없었다. 지원을 하러 간 병력이 피해를 입고, 적들에게 패하게 된다면 이쪽도 위험해지기 때문이다.

"최소 3만이 모이면 그때 치고 빠지며 적들을 꾸준히 괴롭힐 생각이네. 현재 용병들을 고용하고 있으니 금방 모을 수 있을 게야."

남바른 공작은 가지고 있는 돈을 탈탈 털어서 용병들을 고용하고 있었다. 1만이라는 많은 수의 용병을 고용하다니. 그중 이름 있는 용병단의 많은 돈이 들 것이다. 다행히 남바른 공작령은 부유한 곳이기 때문에 1만의 용병을 고용할 자금이 충분히 있었다.

"하지만 자네가 있다면 지금 당장 가도 될 듯하군."

남바른 공작이 그의 얼굴을 바라보았다. 지금까지 그 누구도 해내지 못한 일을 해낸 발렌. 특히 알레하그라에서 이룬 크나큰 공적의 결과를 두 눈으로 보지 않았던가. 그 하나로 10만 명의 병력차를 극복할 수 있을 것이다.

"지금 당장 출정 명령을 내리겠네."

발렌이 고개를 주억였다. 그가 남바른 공작가의 저택에 직접 찾아온 것도 지금 당장 출정을 하기 위해서이다. 다행히 남바른 공작은 그의 의도를 알고 지금 당장 출정을 명령하고자 했다.

"공작 전하!"

밖이 시끄럽다. 복도에서부터 남바른 공작을 부르는 소리가 요란하다. 곧 집무실에 전령이 들어왔다.

"무슨 일이지?"

"세, 세인브리트가 적들에게 함락되었다고 합니다! 세인브리트에 주둔한 병력 중 일부가 적들의 포위망을 뚫어 철수했다고 하지만, 황제 폐하와 연락이 끊겨 행방을 알 수가 없습니다!"

자리에 앉아 있던 남바른 공작이 벌떡 일어났다. 같이 있던 발렌도 믿을 수 없다는 표정으로 전령을 바라보고 있었다.

"세인브리트가 포위된 지 하루밖에 지나지 않았는데, 함락되었다고? 어찌 그리 쉽게 함락될 수 있다는 말이더냐!"

말이 안 된다. 세인브리트는 천 년간 무너지지 않은 곳이다. 그 어떤 나라도 세인브리트를 공격하지 못했지만, 적들에게 언제든 공격당할 수 있다는 것을 자각해 성벽을 튼튼하게 짓고, 쉽게 전략적인 요새로 만들었다고 한다. 그런데 어찌하여 세인브리트의 성벽이 그렇게 쉽게 무너질 수 있다는 말인가!

"적들이 오랫동안 보수를 하지 않던 성벽을 집중 공격해서 성벽이 쉽게 무너졌다고 합니다!"

남바른 공작과 발렌이 침묵한다. 오랫동안 보수를 하지
않던 성벽. 그동안 골치를 썩이고 있던 이 나라의 부정부패
가 만들어 낸 일이라는 소리였다. 엘리즈가 부정부패 척결
에 나서서 많이 완화되었다고는 해도, 오랜 시간을 들여야
하는 성벽을 완전히 보수하지는 못한 모양이었다.

"결국 이렇게 되는 것인가."

남바른 공작이 머리에 손을 대며 힘이 빠진 듯 자리에 주
저앉았다. 세인브리트가 함락된 것도 그렇지만, 엘리즈의
행방을 알 수 없다는 게 가장 컸다.

"……."

발렌은 침묵하며 그를 가만히 바라볼 수밖에 없었다.

*   *   *

세인브리트 곳곳에 메이어 신성 제국의 깃발이 내걸렸
다.

천 년 제국의 수도가 타국에게 점령을 당하다니. 메이어
신성 제국군은 순찰을 돌며 치안을 유지하고 있었다.

"폐황제와 함께 대축제 때 한 번 방문하고 처음 오는군
요."

프리실라가 눈앞에 보이는 왕좌를 바라보았다. 바올라

제국 황성의 대전에 메이어 신성 제국의 여제가 자리하여 옥좌를 쓰다듬는다. 메이어 신성 제국의 황제가 되어 이곳에 앉게 되다니. 자신의 아버지와 동생인 엘리즈가 앉았을 옥좌를 가까이에서 가만히 바라보는 프리실라.

"황제 폐하."

자신을 부르는 소리에 그녀가 뒤를 바라본다. 대전에 함께 온 이들이 모두 그녀를 바라보고 있다. 그녀가 그 자리에 앉기를 바라는 듯한 얼굴이다. 프리실라는 고개를 주억이더니 이내 그 자리에 앉는다. 그녀가 그곳에 앉자, 모든 이들이 그녀의 앞에 무릎을 꿇었다.

천 년의 제국, 명실상부 아이벤 대륙 최강국의 군주만이 앉을 수 있는 자리에 자신들의 여제가 앉았다. 그리고 그녀의 시선이 옆으로 향했다. 그곳에는 사로잡힌 엘리즈와 바올라 제국의 대소 신료들이 있었다.

"믿을 수 없어. 다른 사람도 아닌 언니가 어째서……."

프리실라는 여전히 현실을 믿지 못하는 엘리즈를 바라보며 씁쓸하게 웃었다.

"모두 나가도록 하세요. 제 동생과 할 말이 있으니. 붙잡은 이들은 지하에 감옥이 있으니 그곳에 가두도록 하세요."

"황제 폐하. 둘만 있으면 위험하지 않겠습니까?"

한 가신이 그런 말을 해 온다. 엘리즈가 황제라고 하지만, 그녀는 마법에 재능이 있어 세인브리트 마탑의 마법사로 있지 않았던가. 둘만 있으면 무슨 일이 벌어질지 모르기에 그런 걱정을 하는 것도 무리는 아니었다.

"나가라고 했습니다."

프리실라가 권위적으로 말한다. 두 번 말하지 않겠다는 듯 고압적으로도 느껴지는 명령. 그녀는 지금까지 신하들에게 권위적인 명령을 내린 적이 없었다.

모두 그녀의 기에 눌렸는지 자리에서 일어났다. 황성에 있던 이들을 끌고 나가자 엘리즈와 프리실라 둘만 남게 되었다.

"이렇게 만나게 될 줄은 몰랐구나, 엘리즈."

"마찬가지야. 설마 언니가 황제의 자리에 앉고 직접 병력을 이끌어 이 나라를 침공할 줄은 몰랐으니까."

엘리즈는 적대적인 얼굴로 그녀를 바라본다. 그러나 여전히 혼란스럽다는 얼굴이다. 아직 그녀를 완전히 적대시하지 못하고 있는 것이다.

"어째서 이런 일을 벌인 거야?"

"마치 내가 의도적으로 벌였다는 듯이 말하는구나, 엘리즈."

"모르는 척하지 마. 많은 이들이 에드워드 황제가 이 일을 계획했다고 알고 있지만, 지금 상황은 모두 언니에게 유리하게 돌아가고 있으니까. 전부 언니가 꾸민 일이지? 일부러 전쟁을 일으키려고 명분을 만든 거 아냐?"

엘리즈는 프리실라를 의심했다. 그녀는 프리실라가 이 일을 사전에 미리 준비했다고 짐작했다. 그동안 메이어 신성 제국 내에서 벌어진 일들을 종합적으로 따졌을 때, 프리실라에게 너무 유리하게 흘러가고 있었다. 우연이라고 보기에는 너무도 이상했다. 그러나 프리실라는 그에 대한 대답을 하지 않고, 돌연 창밖으로 새어 들어오는 햇빛을 바라보며 한마디 한다.

"난 바올라 제국의 황제가 되고 싶었어."

그녀는 바올라 제국의 황제가 되고자 하는 거대한 야망을 품고 있었다. 그러나 그것은 이루어질 수 없는 꿈이었다.

"이 나라가 멸망한다는 사실을 알고 있는데, 그것을 막을 방도가 사라지게 되었으니까."

그건 또 무슨 소리인가? 엘리즈는 그녀가 무슨 소리를 하고 있는 건지 이해하지 못했다.

"그게 무슨 소리야? 멸망한다니?"

"말 그대로야. 이 나라는 멸망하게 되어 있어. 그것도 30년 안으로."

"멸망을 막기 위해 전쟁을 일으켰다고? 그게 말이 된다고 생각해?"

"너는 황제가 되었어도 사실을 모르는구나. 추악한 바올라 황실의 숙명을."

추악한 바올라 황실의 숙명? 그녀가 알지 못할 말을 하자 엘리즈는 의아한 표정으로 그녀를 집중한다.

"황위 계승권을 두고 싸우는 것이 이 나라를 멸망시키는 원인이 됐어. 이미 뿌리 깊게 썩어 있는 이 나라는 어떻게 해도 멸망의 길을 걸을 수밖에 없게 되겠지."

"갑자기 황위 계승권 얘기를 왜 꺼내는 거야? 그거랑 이 나라가 멸망하는 게 무슨 상관인데?"

"그 전통이 이 나라를 좀먹고 있는 해충 같은 것이니까."

"그건 초대 황제께서 나라를 생각해 만드신 전통이야. 뛰어난 핏줄로 하여금 이 나라가 존속되고, 영원토록 유지되도록."

정실과 첩의 자식을 가리지 않고 바올라 황실의 핏줄이면 그 인재를 뽑아 이 나라를 다스리게 한다. 그것이 지금의 바올라 제국을 유지해 온 전통이었다.

"그래, 그것이 바올라를 지금의 제국으로 만들어 주었던 원동력이었지. 하지만 고인 물은 썩기 마련이란다. 황위 계승권을 놓고 암투를 벌이는 건 본래의 전통이 아니야. 원래는 황제가 유능한 자식을 골라 황위로 올리는 것이 진짜 전통이었으니까."

그렇다. 원래 세인브리트는 후대의 황제가 자식들 중 자질이 있는 자를 선별해 황위에 올리는 것이었다. 그러나 언제부터인가 그 본질이 달라져 지금처럼 황위 계승권을 놓고 암투를 벌이는 일로 변질되었다.

"하고 싶은 말이 뭐야?"

"지금까지는 어떻게든 그런 악습이 있어도 이 나라가 유지되었겠지만, 그것이 결국 바올라 제국을 무너뜨리는 원인이 될 테니까. 오히려 천 년 동안 유지된 게 더 신기한 일이지."

"……."

엘리즈가 그녀의 말에 아무 말도 못했다.

"형제들끼리 황제가 되고자 뒤에서 온갖 추악한 짓을 하고, 죽이고, 싸우고. 그 아비라는 자는 전통이라며 방관하고! 귀족들은 누구의 편에 설까 눈치를 보고!"

프리실라가 소리치고 있다. 그녀는 진심으로 분노한 듯이 격정을 터트리고 있었다. 씩씩거릴 정도로 흥분한 프리실라가 곧 마음을 가라앉히며 말을 이어 나갔다.

"넌 이 정신 나간 일이 정말 영원토록 이 나라를 지탱해 줄 전통이라고 생각하니? 이미 변질되어 썩을 대로 썩은 고인 물이 이 나라를 이롭게 해 줄 거라 생각하니?"

프리실라는 그 전통으로 인해 나라가 멸망하는 미래를 보았다. 그 사실을 아는 것은 오직 프리실라 한 명뿐.

아무도 모르겠지만, 계속 개인적으로 아버지를 만나 그 전통을 없애야 한다며 주장했던 프리실라. 그러나 아비라는 자는 이 나라의 전통이고, 천 년 동안 유지해 온 초대 황제의 신념이기에 깰 수 없다고 주장했다. 그때의 실망감은 이루 말할 수 없었다.

"아무도 몰랐겠지만, 난 어릴 적부터 이미 황위를 노리고 있었어. 그런데 야속하게도 난 메이어 신성 제국과의 전쟁을 억제하고자 정략혼인의 희생양이 되어야 했지. 그 운명은 아무리 해도 바꿀 수 없었어."

그것이 야속했다. 설마 메이어 신성 제국과 전쟁 직전까지 가고, 전쟁 억제를 위해 자신이 메이어 신성 제국에 팔려 가듯 결혼해야 했던 사실.

나라를 지키고, 황실을 지키고, 백성을 지키는 일이라고는 하지만, 이 일로 인해 내부에서 무너져 멸망할 바올라 제국의 운명의 미래를 보는 것은 정말 괴로웠다.

"정략혼인만 아니었다면 가벨 오라버니도 죽지 않았을 테고, 아루스가 사라지는 일도 없었을 거야. 내가 황제가 되지 못했다 하더라도 중재를 하며 최악의 상황이 일어나는 일을 막아 냈을 테지."

"……."

엘리즈가 침묵한다. 가벨과 아루스의 내전. 지금은 명예 내전으로 불리며 서로의 명예를 위해 일어난 내전이라고 부르고 있지만, 사실상 황위를 차지하기 위해 벌어진 내전이다. 엘리즈는 그것을 막을 방도가 없었다. 갑자기 황제가 승하하고, 가벨이 황제가 되면서 아루스를 옥에 가두며 공개 처형을 시키고자 했었다.

'비록 그 일을 부추긴 것이 나이긴 하지만, 어차피 내가 아니었어도 다른 귀족들에게 놀아났을 거라고.'

오라버니인 가벨은 황제가 되고자하는 야망은 컸으나, 그에 대한 자질이 가장 부족했다. 사람을 품을 줄 모르고, 항상 열등감에 시달려 간신을 거르는 법을 모른다. 아루스는 자질도 좋고 재능도 있지만, 자존심과 명예만을 생각해 움직이는 경향이 강했다. 타인을 배려할 줄 알지만 함부로 다루지 못하는 성격은 권위를 잃게 만드는 위험성 또한 있었다. 무릇 군주란 고독한 길을 걸어야 하는 존재. 아루스의 성격상 그것이 가능할 리 없었다.

그렇다면 엘리즈는?

마찬가지다. 그녀는 부정부패를 척결하고 있었다. 그로 인해 확실히 부정부패를 잡을 수 있었으나, 이미 그 사건에 연루되어 직위가 박탈된 귀족들이 불만을 품고 있었다. 부정부패를 잡는 것은 나쁜 게 아니라지만, 그녀의 성격이 문제가 되었다.

확고하게 법에 마땅한 처벌을 내리지 않는 엘리즈. 실제로 그녀가 집권한 이후로 범죄에 대한 처벌이 약해졌다. 사형을 받아 마땅할 정도로 부정부패를 저지른 자들을 모아 한 지역으로 유배 보내기도 했다. 그 지역으로 유배당한 귀족들이 훗날 독립하여 새로운 나라를 건국한다는 사실을 모른 채.

그 나라가 바올라 제국을 왕국으로 강등시키고, 새로운 대륙의 강자로 떠오르는 미래를 보았다. 그 사실을 아는 자는 오직 단 한 명, 자신밖에 없었다.

"가벨 오라버니가 다스리든, 아루스가 다스리든, 네가 다스리든 그 운명에서는 벗어날 수 없어."

그녀는 감정적으로 말하고 있지만, 무언가 알고 있기에 이렇게까지 확신하는 거라 생각했다. 엘리즈는 그녀가 무엇을 알고 있는지 모르지만 분명 중대한 이야기일 거라 느꼈다. 그러나 한편으로 엘리즈는 생각했다.

'망가졌어.'

프리실라는 어딘가 엇나가 있었다. 모두가 감탄할 정도로 머리가 좋고 유능했던 그녀는 확실하게 망가져 있었다.

그녀의 마음에는 이 나라에 대한 걱정도 있었지만, 분노와 경멸도 함께 있었다.

"지금이라도 늦지 않았어. 내게 항복하도록 해. 반드시 이 나라가 다시금 기사회생할 수 있도록 내가 도와주겠어."

황제인 네가 잡혔으니 이제 다 끝났다는 말이다. 또한 그녀의 말에서 뭔가 다른 의미도 찾을 수 있었다.

'이 나라를 속국화하려고 하는 건가?'

프리실라라도 이 나라를 멸망시키는 것은 원치 않는 듯했다. 지금이라면 멸망시키지 않을 테니 항복하라는 뜻이다.

그러나 그녀의 속셈이 바올라 제국의 속국화라는 것을 눈치챘다. 이 나라를 속국으로 삼아 자신의 마음대로 주무르려는 거겠지.

'그게 이 나라의 황녀였던 사람이 할 말이야?!'

엘리즈는 경멸의 시선으로 그녀를 바라보았다. 이 나라를 속국화할 생각을 하다니. 기가 막힐 따름이다.

"아니. 절대 항복하지 않아."

엘리즈가 적대하는 눈빛으로 그녀를 노려본다. 망설임이 사라졌다. 이 나라를 마음대로 주무르는 것은 절대 용납할 수 없다.

그녀가 비록 바올라 제국의 핏줄이라고는 하나, 타국의 황제다. 타국의 황제가 남의 나라를 주무르면 가장 먼저 할 것이 무엇이겠는가. 수탈밖에 없다. 이 나라가, 이 나라의 백성들이 타국의 노예가 되는 것을 한 나라의 군주로서 용납할 수 있겠는가.

"이제부터 같은 핏줄의 자매로 대하지 않겠어. 프리실라 여제. 당신에게 절대 항복하지 않겠습니다. 당신의 말도 안 되는 야망에 굴복하지 않겠습니다."

"그래, 넌 옛날부터 한 번 결정하면 잘못되었다는 것을 깨닫기 전까지 굴복하지 않았었지."

프리실라가 씁쓸하게 웃었다.

"마지막 기회를 네 스스로 걷어찬 거야. 어차피 멸망할 나라, 내가 멸망시켜 이 나라 백성들이 고통을 받지 않도록 하겠어. 이 나라가 멸망하는 모습을 네 두 눈으로 보도록 해. 고집스럽게 자리를 지키려고 했던 너의 신념이 어떤 일을 초래하게 되는지."

Chapter 07

위기의 바올라 제국 Ⅲ

메이어 신성 제국의 여제가 바올라 황제를 위한 옥좌에 앉았다는 소식을 듣고 나의 눈에서 눈물이 멈추지 않는다. 세인브리트를 수호하고자 하신 황제 폐하의 행방을 알 수 없게 되었다. 나뿐만이 아니라 나와 함께 있는 다른 귀족들도 이 소식을 듣고 기운이 없는 듯 고개만 떨구고 있다. 도저히 믿기 힘든 일에 현실을 부정하는 이도 있다.

대륙의 판도가 완전히 뒤집히는 것인가? 막강한 힘을 자랑하는 천 년의 제국이 이대로 무너지는가? 영원할 것 같던 위대한 천 년 제국은 이대로 끝나는 것인가!
　―메이어 신성 제국군의 포로가 된 한 귀족의
일기장 中 발췌―

＊　　　＊　　　＊

"그게 무슨 말씀입니까, 아버지? 황제 폐하께서 행방불명이라니요?"

북문에 있던 병력과 동문을 수비하다가 일부 탈출한 병력들을 이끌고 남바른 공작령에 도착한 레딘은 남바른 공작에게서 엘리즈가 행방불명이라는 소식을 듣고 믿기 힘들다는 얼굴을 짓고 있었다.

"폐하께서는 비밀 통로로 탈출하기로 하였습니다. 한데 왜 도착하지 않으셨다는 겁니까?"

북문에서 수비를 하다가 엘리즈의 명령대로 곧장 철수 작전을 펼친 레딘. 그녀에게 벌어진 일을 지금까지 모르고 있던 듯했다.

"확실치 않지만 폐하께서 적들에게 사로잡혔을 가능성이 있다. 즉각 세인브리트로 향해 폐하를 되찾아야 한다."

이 숫자로 세인브리트를 수복할 수 있을지 의문이다. 현재 이끌고 있는 바올라 제국군의 숫자는 적들에 비해 한참

열세였다. 성에 도착해 주둔하고 있는 적들보다 한참 열세
인 상황. 일단 동문의 성벽이 파괴되었으니 그쪽을 노리는
게 좋겠으나, 적들도 동문의 수비를 가장 철저히 할 것이
다.

"우리는 병력이 부족한 대신 화력으로 밀어붙일 생각이
야. 세인브리트의 성벽을 파괴해서라도 적들을 밀어붙여
황제 폐하의 행방을 빨리 알아내야 해."

발렌은 자신들은 화력이 가장 앞서니 해볼 만한 싸움이
라고 주장했다. 수적 열세는 어쩔 수 없으니 화력으로 적들
을 공격하면 충분히 해 볼 수 있다는 것이다. 레딘은 고개
를 주억였다. 적들의 포위망을 뚫었을 때도 압도적인 화력
으로 적들을 밀어붙여 쉽게 뚫을 수 있었다. 세인브리트를
수복하는 게 어려울 수 있으나, 그래도 시간만 들인다면 충
분히 할 만한 싸움이라 생각했다.

"만일 붙잡혔다면 내가 직접 세인브리트에 잠입해서 폐
하를 되찾을 생각이야."

발렌은 세인브리트로 직접 잠입할 생각을 하고 있었다.
붙잡혔다는 것은 아직 확실한 것이 아니지만 모든 가능성
을 열어 두고 있었다.

"공작 전하!"

밖이 시끄럽다. 남바른 공작의 보좌관 목소리였다. 보좌

관이 서둘러 집무실 안으로 들어와 보고했다.

"마르크 근위단장이 남바른 공작령에 왔습니다!"

"마르크 단장께서?!"

레딘의 표정이 밝아졌다. 마르크는 엘리즈의 옆을 지키는 임무를 맡고 있었다. 그렇다는 것은 엘리즈도 함께 있다는 뜻이 아닐까 하고 기대한 것이다. 레딘이 기뻐하며 입을 열었다.

"마르크 단장은 궁에서 황제 폐하를 보필하고 계셨습니다."

"어서 들이게!"

남바른 공작이 서둘러 저택 내로 그를 들이도록 했다. 곧 마르크 단장이 집무실에 왔다. 그러나 의아한 점이 있었다. 그는 혼자였다. 또한 행색이 말이 아니었다.

"마르크 경, 왜 자네 혼자인 겐가! 그리고 그 꼴은 뭐고?"

남바른 공작이 마르크의 초라한 행색을 바라보았다. 항상 자신감 넘치던 그의 모습은 거지꼴과 다름이 없었다. 갑옷은 전혀 걸치지 않았고, 허름한 로브만 입고 있었다.

"적들이 날 풀어 줬네."

"적들이 풀어 줘?"

남바른 공작이 의아한 표정을 지었다. 적들이 그를 풀어 주다니?

"프리실라 여제가 세인브리트에 벌어진 일을 모두 말하라며 풀어 줬네."

전장에서 흔히 있는 일이다. 한 도시를 점령한 정복자가 일부러 포로를 풀어 줘 그곳에서 무슨 일이 있었는지 소문나게 만드는 것이다. 마르크로 하여금 그런 일을 하게 만든 것이다.

"많은 것을 묻고 싶지만, 도대체 어찌 된 일인가? 황성에서 철수하지 못하고 왜 붙잡힌 겐가."

"성벽이 무너지기 전 황성으로 잠입해 온 이들이 황제 폐하를 먼저 붙잡았네. 그 때문에 황성을 지키던 나는 물론 병력도 탈출하지 못하고 적들에게 모두 붙잡혔지."

"황제 폐하도 붙잡힌 것인가?"

"……미안하네. 내 실력이 미천하여 폐하를 탈출시키지 못했네!"

마르크가 자책하듯 머리를 바닥에 찧으며 눈물을 흘렸다. 그리고 품에 숨기고 있던 단검을 빼어 들었다. 무엇을 하려는지 알아챈 발렌이 먼저 움직였다.

"바인드!"

마나의 밧줄이 만들어지며 그를 포박한다. 순식간에 사지가 포박된 마르크. 바닥에 단검이 떨어졌다. 레딘과 남바른 공작이 서둘러 그를 말렸다.

"마르크 경, 너무 자책하지 마시게! 왜 자결을 하려는 겐가!"

남바른 공작이 단검을 치우며 그의 입을 붙잡았다. 사지가 포박당했으니 이제는 혀를 깨물어 자결하려고 하고 있었다.

"날 말리지 말게! 황제 폐하를 끝까지 보필하지 못하고 수치스러운 일을 겪으시게 한 난 죽어 마땅하네!"

"그렇지 않습니다! 일단 진정하십시오!"

남바른 공작과 레딘이 끝까지 뜯어말렸다.

"황제 폐하께서는 십자가에 매달려 중앙 광장으로 끌려나와 계시네! 끝까지 보필하지 못하여 폐하께 그런 수치스러운 일을 겪게 하다니! 난 근위단장의 그릇이 못 되네!"

"뭐라고?"

남바른 공작과 레딘, 그리고 발렌은 자신의 귀를 의심했다. 제아무리 망국의 군주라도 그에 준하는 대우를 하는 것이 모든 국가의 예우이다. 그런데 중앙 광장에 공개적으로, 십자가에 매달아 뒀다고?

메이어 신성 제국에는 대역죄를 지은 이들을 십자가에 죽을 때까지 매달아 두는 형벌이 있다. 그것을 엘리즈가 겪고 있다는 얘기다. 아직 들어야 할 이야기가 많아 보였다.

남바른 공작과 레딘은 일단 그를 진정시키기로 했다. 그들이 진정시키는 동안 발렌은 인상을 찌푸렸다.

'제아무리 타국의 황제가 되었다고 하더라도 자신의 친동생에게 그런 수치심을 주고 있다고?'

프리실라를 만난 것은 오우거 사태가 벌어졌을 당시 대축제 때가 처음이다. 당시에 동생을 아끼고 걱정하고, 또한 그녀를 구해 준 자신에게 고맙다며 사례까지 해 준 그 모습을 보고 좋은 사람이라 생각했었다. 발렌이 알고 있는 프리실라는 그러했다. 그런데 동생에게 그런 수치심을 주고 있다고? 쉽사리 믿기 힘들지만, 마르크가 거짓말을 할 이유가 없었다. 마법으로 기억을 조작한 흔적도 없었으며 그의 반응을 볼 때 거짓이라 보기 힘들었다.

한참 뒤, 간신히 마르크를 진정시킨 남바른 공작과 레딘. 바인드에서 풀려난 그는 물로 목을 축인 뒤 입을 열었다.

"감옥에 갇혀 있는 동안 적들에게서 들은 말이 있네. 사흘 동안 쉬고 곧장 동과 서로 병력을 나누어 공격할 예정이라는군. 내가 이곳까지 오는데 사흘이 걸렸으니, 오늘 세인브리트에서 출발해 이곳으로 진격할 것이네."

"중요한 정보 고맙네."

무전구를 통해 보고가 들어왔다.

[공작 전하, 보고 드립니다. 현재 적들이 아올란 마을을

향해 진격하고 있습니다!]

"……."

그들은 쉬지도 않고 계속 진격한 것 같았다. 바올라 제국의 수도를 함락시키고, 황제까지 붙잡았으니 사기가 하늘을 찌르고 있을 것이다. 사기가 오를 대로 올랐으니 이 기세를 몰아 계속 진격하려는 것이다.

"아버지, 제가 드리필드 성에서 수성하겠습니다."

드리필드 성은 바센트 산맥 고지에 위치한 성이다. 작은 성이지만 적들이 반드시 통과해야 남바른 공작령으로 올 수 있기 때문에 반드시 수성을 해야 했다.

"네가 끌고 온 병력이 주둔하기에는 너무 많지 않겠느냐?"

레딘이 데리고 온 병력의 수가 6만이 넘는다. 그 수가 드리필드 성에 주둔하면 식량과 식수가 빠르게 바닥날 것이다.

"그렇다면 2천 명만 이끌고 가겠습니다. 나머지는 아버지께서 맡아 주십시오."

남바른 공작은 이 나라에서 엘리즈 다음으로 권위 있는 사람이다. 또한 엘리즈는 남바른 공작령으로 피신한 후, 지휘권을 남바른 공작에게 일부 넘기려고 했기에 크게 무리는 없을 것이다.

"나도 가겠네. 남바른 공작, 내게 갑옷과 무기를 주게나."

방금 전까지 자결하려고 했던 마르크가 정신을 차리고 같이 싸울 의지를 보였다. 그의 눈이 복수심으로 불타오르고 있었다. 남바른 공작이 고개를 주억였다.

"자네에게 갑옷과 무기를 지급하라고 보좌관에게 말해 놓겠네."

"고맙네."

마르크가 감사의 인사를 하고, 발렌이 손을 들었다.

"저도 가겠습니다. 드리필드 성 근방의 지리는 빠삭하게 알고 있습니다."

"자네가?"

남바른 공작이 의아한 얼굴로 그를 바라본다. 발렌이 씩 웃는다.

"잊으셨습니까? 제 고향은 아올란 마을입니다. 한때 저와 제 가족은 이 영지의 영지민이지 않았습니까."

"……아!"

잠시 잊고 있었다. 지금은 마이셀 공작령의 영주이지만, 발렌은 아올란 마을에서 태어나고, 자란 사람이었다. 어릴 적에 친구들과 놀면서 곳곳을 돌아다녔고, 메튜의 일손을 돕기 위해 벌목을 하러 갔기에 아올란 마을 인근의 지리를 잘 알고 있었다. 레딘도 이 영지에서 나고 자랐지만 발렌만큼 그 근방의 지리를 잘 알지는 못한다. 발렌이 함께한다면 분명 큰 도움이 될 것이다.

'그와 함께라면 레딘도 배우는 게 많겠지?'

좋은 게 좋은 거다. 남바른 공작은 고개를 주억이며 그의 손을 맞잡았다.

"레딘을 잘 부탁하네."

발렌이 고개를 주억였다.

*　　　*　　　*

역시나 적들은 바센트 산맥을 통해 드리필드 성으로 오고 있었다. 적들 입장에서 가장 까다롭다고 느낄 드리필드 성은 말 그대로 천혜의 요새. 산맥을 오르는 것도 힘든데, 이곳을 점령하려면 많은 인력을 소모해야 할 것이다.

'하지만 적들은 상상을 뛰어넘는 방식으로 진격해 왔다.'

레딘은 절대 방심하지 않았다. 적들은 항상 불가능한 상황이라고 생각해도 그것을 극복해 제이메드 왕국을 넘어 세인브리트까지 점령하지 않았던가.

'이곳을 최후의 보루라 생각하고 전투에 임하자.'

레딘은 스스로에게 각오를 불어넣었다. 이곳에서 적들의 진격을 막고 반격의 교두보를 만들어 적들을 이 나라에서 쫓아 낼 생각이었다.

레딘의 시선이 옆으로 향했다. 그곳에는 발렌이 있었다. 그는 전방을 보지 않고 후방을 보고 있었다.

"아올란 마을은 역시 변한 게 거의 없네."

드리필드 성에서 아올란 마을을 한눈에 볼 수 있었다. 적들이 진격해 와서 마을에 들르지 않고 곧장 이곳으로 달려온 발렌. 멀리서나마 자신의 고향 마을을 보고 그리워하는 듯 보였다.

그가 살았던 집도 보이고, 마을의 광장도 보인다. 그리고 옛 친구들의 집과 레이나와 어울려 놀던 꼬맹이들이 살던 집도 보인다. 평소라면 활기찼을 마을. 그러나 지금은 메이어 신성 제국군이 온다는 소식을 듣고 전부 피란을 가서 유령 마을처럼 변했다. 마을에서 돌아다니는 사람들은 순찰병들 밖에 없었다.

'저기 어딘가에 주크 아저씨도 계시겠지?'

그에게 있어 생명의 은인과도 같은 존재인 주크. 그러나 너무도 오랜 리셋 때문에 얼굴이 떠오르지 않았다. 보면 알아볼 수 있을 것 같은데 보지 못하니 답답한 심정이었다. 만나서 얘기를 나누고 싶었다. 그러나 보거나 만날 수 없었다. 주크는 아올란 마을을 방어하는 임무를 맡았을 것이고, 발렌은 드리필드 성을 방어하는 임무를 맡았으니 말이다.

'전쟁이 끝나면 아올란 마을에 들러야지.'

이 전쟁이 언제쯤 끝나게 될지 모른다. 그러나 그 작은 소망을 품고서 아올란 마을을 뒤로 했다.

"적들이 올라오고 있네."

다수의 병력이 이쪽으로 오는 소리가 들려온다. 나무가 울창하게 자란 탓에 모습은 보이지 않지만 기척으로 대충 어디까지 올라왔는지 짐작할 수 있었다.

"실린건병과 궁병은 조준하라! 적들의 모습이 보이면 일제히 쏜다!"

고지에 위치해 있어 조준하기 쉽고, 적들을 쉽게 노릴 수 있는 바올라 제국군. 레딘은 그 이점을 최대한 살리면서 한정된 화살과 총알 수를 생각했다. 총알이 다 떨어지면 실린 건병들은 예전 병과 주특기에 맞게 다시 배치할 예정이었다.

적들의 모습이 조금씩 드러나기 시작했다. 레딘이 손을 들자 병사들이 적들을 향해 조준한다. 그들이 공격을 하기 위해 달려올 때 발사할 것이다.

"잠깐!"

발렌이 레딘을 제지했다. 레딘이 왜 그러냐는 듯 그를 바라본다. 발렌은 적들이 모여 있는 곳을 주시한 채로 대답했다.

"프리실라 여제다."

발렌의 말에 레딘이 화들짝 놀라며 그가 바라보는 쪽으로 시선을 향했다. 그의 말대로였다. 프리실라와 몇 명의 마법사들이 앞으로 나오고 있었다.

"난 메이어 신성 제국의 21대 황제, 프리실라 폰 바올라 메이어다! 성에 주둔하고 있는 병사들은 들어라! 한때 이 나라의 황녀였던 만큼 그대들의 무고한 목숨을 거두기는 싫다. 지금 당장 성문을 열고 항복한다면 우리 군은 그대들을 친구로 맞이해 줄 것이며 포로로서 정당히 대우할 것을 약속하겠다! 개죽음을 당하지 말고 명예로운 항복을 하라! 병사들을 이끌고 있는 지휘관은 응답하라!"

프리실라의 목소리가 바센트 산맥 멀리까지 울려 퍼진다. 그녀의 옆에 마법사들이 마법을 사용하고 있는 것이 보인다. 소리를 증폭시키는 마법을 사용한 것 같았다.

"발렌시아, 증폭 마법을 부탁한다."

"그래."

발렌이 증폭 마법을 사용하는 그 즉시 레딘이 숨을 크게 들이마셨다.

"내 이름은 레딘 폰 남바른! 남바른 가문의 차남이자 황실 근위 기사단의 제3 근위단장이다! 프리실라 여제에게 말한다. 10만이든 100만이든 올 테면 와라! 우리는 결사 항전할 것이다!"

그들에게 바올라 제국의 뜻을 전해 주었다. 프리실라는 더 이상 그에 대한 대화를 하지 않았다. 대신 뒤에 있는 기사들을 향해 손짓을 한다. 그러자 울창한 나무 사이에 숨어 있던 이들이 뭔가를 끌고 왔다. 그것은 십자가였다. 그것을 보고 발렌과 레딘의 눈이 커졌다. 십자가가 세워지고 프리실라가 다시 소리쳤다.

"보이는가. 너희들의 황제는 우리가 붙잡아 두고 있다."

당당하게 엘리즈를 끌고 왔다고 선언하는 프리실라. 성벽에서 그것을 지켜보던 이들이 웅성거린다. 죄인처럼 십자가에 매달린 채 있는 엘리즈. 두 눈을 의심하게 만드는 광경이었다. 프리실라는 옆에 있던 신하에게 검을 건네받더니 슬쩍 그녀의 목을 베었다.

"화, 황제 폐하!"

"순순히 성문을 열어라. 그렇지 않으면 황제의 옥체가 위험할 터이니."

"저런 비겁한……!"

그녀는 의식이 없었다. 기절을 한 것인지, 죽은 것인지 알 수 없었다. 그러나 한 나라의 군주를 저런 식으로 대우하는 것에 모두가 공통적으로 분노를 느끼고 있었다. 다른 사람도 아니고 한때 이 나라의 황녀였던 그녀가, 자신의 하나밖에 없는 누이동생을 저렇게 대하는 것에도 치가 떨렸다.

"네 이놈들! 중앙 광장에 매달아 놓은 것도 모자라 이제는 전쟁터에 끌고 다니는 것이냐!"

마르크가 잔뜩 화를 내며 칼을 뽑아 들었다. 지금 당장에라도 성 밖으로 뛰쳐나갈 기세였다. 발렌이 그를 제지했다.

"마르크 경, 괜히 적들의 도발에 넘어가지 마세요."

"자네는 저 모습을 보고도 화가 안 나는 겐가!"

마르크가 되려 발렌에게 화를 냈다. 발렌이 옆을 바라본다. 레딘도 화가 잔뜩 치밀어 오른 듯 얼굴이 새빨개진 채 이글거리는 눈으로 그들을 노려보고 있었다. 억지로 화를 다스리려고 하는 것이 한눈에 보였다. 여기서 자신까지 저 모습에 분노하는 것을 보이면 드리필드 성의 모든 병력이 뛰쳐나갈 것이리라.

'병력도 적은데 수성도 안 하고 뛰쳐나가면 돌파당한다.'

지리적 이점에 수성을 한다는 이점까지 합쳐져 저들과 싸울 만한 것이지, 그중 하나라도 포기하면 드리필드 성을 적들에게 내주게 될 것이다. 그렇다고 가만히 있으면 엘리즈가 위험하다.

'프리실라 여제도 생각이 있다면 리즈를 죽이지 않을 거야. 하지만 그녀를 구하지 않으면 다른 곳에서도 이런 식으로 협박을 당하겠지.'

엘리즈가 적들에게 붙잡혀 있는 것만으로도 사기에 문제가 생길 수 있다. 지금처럼 분노하는 경우가 대부분이겠지만, 그것이 꼭 좋은 것만은 아니다. 분노에 몸을 맡겨 이성적으로 판단하지 못하면 일을 그르칠 수도 있기 때문이다.

'내가 나서는 수밖에 없나.'

발렌이 주먹을 움켜쥐었다. 그는 엘리즈를 구출할 자신이 있었다. 저들의 숫자가 많다는 게 걸리지만, 엘리즈가 앞에 있는 지금이 기회다.

엘리즈 황제를 구출하라.

마침 머릿속에서 목소리가 들려왔다. 오랜만에 임무가 떨어졌다. 왜 임무가 안 내려지나 했다.

"제가 구출해 오도록 하지요."

"나도 같이 가겠다, 발렌시아."

레딘도 그와 함께하고자 했다. 그러나 발렌이 고개를 저었다.

"아니. 나 혼자 간다."

"뭐?"

"녀석들이 텔레포트 방해 마법을 걸어 뒀서 직접 발로 가야 돼. 내가 구출해 오면 성문을 열 준비를 하고 있어."

말이 끝나기 무섭게 발렌이 성벽 밖으로 뛰어내린다. 레딘이 말릴 새도 없었다. 발렌은 적들을 향해 걸어가며 허리에 차고 있던 검을 뽑았다. 발렌의 머리와 눈동자가 붉게 물든다. 어마어마한 마나가 그에게 머물렀다.

적들은 이상한 낌새를 느끼고 즉시 엘리즈와 프리실라 곁으로 모여들었다. 십자가에 매달린 엘리즈를 다시 뒤로 끌고 가려고 한다. 발렌이 프리실라를 똑바로 노려보며 중얼거렸다.

"프리실라 여제. 실수한 거야."

감히 자신을 화나게 한 것에 그냥 넘어갈 생각이 없었다.

화악!

그가 적들을 향해 돌풍처럼 빠르게 돌격했다.

*　　　*　　　*

동부 전선. 마이셀 공작이 자리를 비웠다는 첩보가 입수되기 무섭게 동부 전선의 병력이 움직이기 시작했다. 메이어 신성 제국군은 그의 영지를 쑥대밭으로 만들 생각으로 이를 갈고 있었다. 국경에 대치만 하고 있던 그들은 전투 준비를 서두르고 있었다.

동부 전선에 새롭게 발령된 사령관, 닐슨 디 발렌타인은 병사들의 사기를 불어넣고 있었다.

"3년 전, 학살당한 전우들의 복수를 할 때이다. 붉은 악마는 중앙 전선에 있으니 염려하지 마라! 그들의 신무기에 동요하지 마라. 숙지한 대로 행동하면 그들의 공격을 뚫고 접근할 수 있을 것이다!"

메이어 신성 제국군은 그날의 일에 분노하면서도 공포심을 떨치지 못했다. 마이셀 공작이 있다면 공포에 떨었겠지만 그가 없는 지금은 분노로 가득했다.

그들은 마이셀 공작의 가족들을 반드시 생포하라는 명을 받았다. 그는 가족들을 끔찍이도 아낀다고 하니 가족들을 잡아 둔다면 그가 제대로 싸우지 못할 것이라며 황실에서 전군에 명령을 하달한 것이다.

마이셀 공작의 가족을 사로잡은 자에게 많은 포상을 준다고 하니 다들 그 포상을 받아 인생 역전을 하리라 생각하고 있었다. 기세를 보아 그들을 막을 자는 없는 듯했다. 지휘관이 전투에 앞서 병사들을 독려하고, 독기를 불어넣는다.

"발렌타인 공작 전하! 누군가가 다가오고 있습니다!"

"뭐라?"

지휘관이 항복을 하려는 것인가, 아니면 전투에 앞서 명예롭게 싸우고자 자신이 누구인지 밝히려는 것인가. 그게 무엇이 되었든 이들을 막을 자는 없을 것이다.

발렌타인 공작이 정면을 응시한다. 그곳에는 한 인물이 홀로 걸어오고 있었다. 백기를 들지 않은 것으로 보아 항복하려는 것 같지 않았다. 모든 병사들과 발렌타인 공작의 시선을 따라 앞으로 나온 인물에게 집중되었다.

'음? 연두색 로브?'

어딘가에서 많이 들었던 복장이다. 다시 병사들 쪽을 바라보니 동요하고 있는 것이 보인다.

"어, 어째서⋯⋯!"

"아, 악마는 중앙 전선에 있다고 했잖아⋯⋯!"

병사들의 얼굴색이 파랗게 질리기 시작했다. 누군가는 거대한 맹수를 눈앞에 둔 것처럼 다리를 덜덜 떨고 있었다.

발렌타인 공작은 그제야 저 복장을 기억해 냈다. 마이셀 공작의 복장이다. 알레하그라 전투를 겪었던 이들은 그의 복장을 기억하고 있었다.

후드로 완전히 얼굴을 가린 그가 한 손에 검을 쥔 채 천천히 걸어오고 있었다. 연두색 로브에 달린 후드 사이로 뛰어나온 적갈색 머리가 발렌타인 공작의 눈에도 들어온다. 그가 또다시 혼자서 출전하자 모든 이들이 알레하그라의 일을 떠올렸다. 알레하그라는 동부 전선의 이들이 기억하는 공포의 순간이었다. 그들 대다수가 당시에 생존한 이들이다. 3년이 넘은 지금까지도 그들의 기억 속에 그 당시의 공포가 각인되어 있다.

"저자는 속임수다! 속지 마라!"

지휘관들도 마찬가지로 동요를 숨기지 못했다. 저자는 분명 속임수라고 말하고 있는 자신도 확신하지 못했다. 이미 냉정을 되찾았어도 병사들은 크게 동요한 상황이라 지휘관의 외침을 듣지 못하고 있는 게 현실이지만 말이다.

발렌타인 공작은 상태가 심각하다는 것을 느꼈다. 방금 전까지 독기를 머금고 있던 표정은 전부 사라지고 공포만이 자리 잡고 있었다.

'소문으로는 들었지만, 병사들이 경기를 일으킬 정도인가. 도대체 그곳에서 무슨 일을 겪었기에 이 정도로 병사들의 사기가 추락한단 말인가.'

당시 알레하그라에 없던 발렌타인 공작. 그렇기에 그들이 이렇게까지 공포에 떠는 것을 이해하지 못했다.

최소 아크 메이지급 마법사라고 한다면…… 텔레포트를 사용해서 중앙 전선과 동부 전선을 오가는 것을 충분히 가능성 있는 얘기였다.

'안 되겠군.'

저자가 속임수인지 아닌지 모르지만, 정말 소문의 마이셀 공작이라면 아군의 피해가 막대해진다.

"퇴각한다."

후방에서 퇴각 명령이 떨어진다. 그 얘기를 들은 병사들이 부리나케 퇴각하기 시작한다.

적군이 퇴각하는 것을 확인한 발렌이 아군 진영으로 돌아와 후드를 벗었다.

"오빠도 참. 나한테 너무 무리한 걸 시키는 거 아니야?"

그러나 후드를 벗자 나온 인물은 남성이 아닌 여성이었다. 그녀는 레이나였다. 레이나는 발렌과 똑같은 복장을 한 채 병사들과 함께 있었다.

마이셀 공작이 아직 동부 전선에 남아 있다는 것을 과시하기 위한 속임수. 그것이 제대로 먹혀들었다. 레이나는 혹시 이것이 먹혀들지 않으면 어쩌나 걱정했으나, 걱정과 달리 적들은 싸우지도 않고 지레 겁을 먹고 후퇴를 했다.

"고생하셨습니다, 레이나 아가씨."

마덴 자작이 그녀에게 인사한다. 발렌처럼 마이셀 비전을 익힌 그녀도 마나 폭주를 할 줄 알았고, 그 과정에서 머리와 눈동자가 붉게 변했다. 굳이 다른 사람도 아닌 레이나가 이 역할을 한 목적은 단 하나였다.

마이셀 비전을 사용할 줄 아는 자라면 마이셀 가문의 사람밖에 없다. 마이셀 가문의 피가 흐르는 사람은 발렌과 레이나, 샤란 밖에 없다. 그러나 샤란은 마이셀 비전을 사용하면 적금발이 된다. 멀리서 보면 적갈색이나 적금발이나 별 차이가 없을지도 모르나, 그래도 눈썰미가 좋은 자가 있다면 들킬 가능성이 있었다.

발렌과 레이나는 아버지를 닮아 갈색머리와 눈동자를 가지고 있다. 붉게 변한다고 해도 색깔이 같으니 가장 비슷하게 흉내 낼 수 있었다. 그렇기에 발렌이 레이나에게 이 일을 맡긴 것이다. 그녀의 눈과 머리가 다시 원래대로 돌아왔다.

"오빠도 굉장하네요. 그저 모습만 보였을 뿐인데 저 많은 병력이 뒤도 안 돌아보고 도망가는 걸 보면요."

새삼 발렌이 한 일이 얼마나 대단한 것인지 알 만했다.

레이나가 걸친 로브는 발리바나 연탑의 로브였다. 발렌이 세기어 왕국에서 선물받은 로브는 연두색, 그리고 발리바나 연탑의 로브도 연두색이다. 가까이에서 봐도 크게 다른 점이 없었다. 발렌과 최대한 비슷하게 입은 덕에 적들을 제대로 속일 수 있었다.

"후우, 전 오빠와 달리 마나 폭주를 오랫동안 유지하지 못하는데. 조금 아슬아슬했어요."

그녀의 이마에 땀이 맺힌다. 후드를 벗고 손부채질로 얼굴의 열기를 식혔다. 고작 5분도 유지하지 않았는데, 벌써 힘에 부친다. 그들이 퇴각하는 게 조금만 더 늦었더라면 큰일 날 뻔했다. 자신의 오빠는 어떻게 그 많은 시간 동안 유지하는지 모르겠다는 듯 고개를 저었다. 심지어 샤란도 길어 봤자 10분이 한계인 것을 감안하면 굉장한 일이 아닐 수 없었다.

"하지만 걱정됩니다. 영주님께서는 마나 폭주를 오랫동안 지속할 수 있어 강인함을 얻으셨지만 엄청난 수명을 희생하고 계십니다."

발렌의 가장 큰 문제는 수명이다. 지금 당장은 괜찮을지 모르지만, 마나 폭주는 사용자의 수명을 깎아 내면서 강력한 힘을 발휘하게 만들어 준다. 알레하그라에서 마나 폭주를 사용해 적들에게 공포와 두려움을 안겨주었지만, 그 유지 시간이 문제다. 정확히 얼마나 마나 폭주를 유지했는지 모르지만, 적들 대부분이 그의 붉은 눈과 붉은 머리를 봤다는 것은 몇 시간 동안 마나 폭주를 사용했다는 뜻이 되리라. 알레하그라에서 최소 몇십 년의 수명을 깎아 냈을 게 분명하다.

'만약 이번 전쟁에서도 마나 폭주를 사용하게 된다

면⋯⋯.'

그는 전쟁이 문제가 아니라 단축된 수명이 문제가 될 것
이다.

*　　　*　　　*

엘리즈를 구하기 위해 계속해서 전진하는 발렌. 이동 마
법은 모두 방해 마법으로 사용이 불가했다. 싸우는 데 제약
이 따를 수밖에 없었다.

'사용할 수 없는 마법은 텔레포트, 블링크, 플라이 정도
인가?'

엘리즈를 구출하려고 해도 추격해서 다시 붙잡을 수 있
게 조치를 취한 것이다.

'그래서 뭐 어쨌다고?'

"마나 애로우."

마음 같아서는 한 번에 다수의 적을 해치우는 마법을 사
용하고 싶지만, 엘리즈가 휘말릴 것을 고려하는 발렌.

방패병들이 앞에 서고, 창병들이 그 뒤에서 창으로 겨누
고 있었지만, 발렌은 더욱 빠르게 앞으로 나아간다.

"브레이크."

가장 앞에 섰던 방패병들의 방패가 유리처럼 산산이 부

서진다. 그뿐만 아니라 창병들이 들고 있던 창날도 부서졌다. 방패와 무기가 부서지자 당황하는 적들. 발렌은 그 틈으로 비집고 들어가 검을 휘둘렀다.

"죽기 싫으면 비켜!"

그가 검을 휘두르고 마법을 쓸 때마다 적들이 쓰러져나간다. 검과 마법을 동시에 사용하니 적들이 접근하지도, 거리도 벌리지도 못해 우왕좌왕했다. 발렌은 그 틈을 더욱 집요하게 노려 계속 전진했다.

"부, 붉은 악마다! 막아라! 황제 폐하를 보호하라!"

그의 엄청난 무위와 생김새를 보고 그의 정체를 알아챈 적들. 동부 전선에 있던 그가 중앙 전선에 있자 모두 놀랄 수밖에 없었다. 발렌은 그들이 자신을 알아채든 말든 신경 쓰지 않고 할 일에 집중했다.

'거의 다 왔다.'

엘리즈가 눈앞에 보인다. 이제야 바닥에 고정시킨 십자가를 풀고 다시 옮기려고 하는 적들. 프리실라도 성기사들에게 보호를 받으며 후방으로 이동하려고 하고 있었다.

"멈춰!"

그의 외침을 들을 리 없는 적들. 발렌이 등에 매고 있던 실린건을 꺼내 적들을 향해 조준하고 방아쇠를 당겼다.

콰앙!

분명 실린건을 발사했는데, 실린더보다 위력적인 폭발이 일어났다. 실린건에 마법을 부여해서 발사한 것이다. 처음 시도해 본 건데 생각보다 괜찮은 것 같았다. 방금 전 그 공격으로 앞이 뻥 뚫렸다.

적들은 겁에 질려 발렌에게 함부로 오지 못하고 있었다. 프리실라도 당황한 표정이었다. 그에 대한 소문은 들었지만 이 많은 수를 눈앞에 두고도 단신으로 싸우는 모습을 직접 보니 더욱 놀란 것이다.

"이제야 멈췄네."

발렌이 만족스럽다는 듯한 표정으로 실린건을 등에 메는 순간이었다.

어질—

'큭! 하필 이럴 때.'

발렌이 인상을 찌푸렸다. 눈이 침침해지고, 어지러웠다. 그러나 적들을 눈앞에 둔 상황에서 아픈 티를 낼 수는 없었다. 어지럼을 꾹 참아 내고 프리실라에게 아무렇지 않은 듯 말했다.

"이게 메이어 신성 제국이 타국의 군주를 대하는 예우인가?"

프리실라는 그가 뿜어내는 살기에 침을 꼴깍 삼켰다.

"닥쳐라, 붉은 악마! 그대는 물론 엘리즈 여제는 수많은 사람을 죽게 만든 이 전쟁의 원흉이다!"

마리나 성녀가 거친 말을 내뱉었다. 항상 고운 말을 사용해야 할 성녀가 닥치라는 험한 말을 쓰다니. 호전적인 메이어 신성 제국의 알테미아교 성녀다움에 발렌은 피식 웃음이 나왔다.

"사람을 이유 없이 죽이나? 나라를 지키려면 싸워야 했고, 그것이 곧 살인으로 이어지는 건 어쩔 수 없는 것 아닌가? 그리고 이 전쟁의 원흉이 엘리즈 황제 폐하라고? 웃기는 소리. 이 전쟁이 시작하게 된 계기가 아덴 공작이 대축제 때 벌인 만행이라는 걸 모르고 하는 소리는 아니겠지?"

"닥쳐!"

마리나 성녀가 크게 소리친다. 그녀에게 중요한 건 처음부터 그게 아니었을 것이다. 아버지에 대한 복수. 성녀가되며 신에게 몸을 비롯한 모든 것을 의탁했다지만 아덴 공작이 자신의 아버지라는 것은 변함이 없다.

"으음."

엘리즈의 목소리였다. 지금까지 의식 없이 기절해 있다가 깬 것이다. 그녀는 자신의 상황을 보고 한 번 놀라고, 발렌이 눈앞에 있는 것을 보고 두 번 놀랐다.

"바, 발렌?!"

놀라는 그녀를 보고 발렌이 미소를 지었다.

"조금만 기다려 주십시오, 황제 폐하. 제가 구출해 드리 겠습니다."

그러나 엘리즈의 표정은 좀처럼 안심하지 못하고 있었 다.

"안 돼. 어서 달아나! 이건 함정……!"

엘리즈의 말이 채 끝나기도 전에 발렌의 바로 발아래에 서 빛이 터져 나왔다. 말도 안 되는 엄청난 힘이 그를 짓누 르기 시작했다.

"크윽!"

발렌이 저항하려고 했지만, 어찌나 강력한 결계인지 움 직이기가 힘들다.

'뭐지? 내가 움직일 수 없다고?'

마법을 해제하려고 했지만, 무슨 마법인지 모르겠다. 수 식이 복잡하게 얽히고설켜 함부로 건들지 못했다. 게다 가 뭔가 이질적이다. 마나랑 조금 다른 느낌이 들었다.

"잡았다, 악마."

발렌이 힘겹게 고개를 들어 위를 바라본다. 마리나 성녀 가 성녀답지 않게 사악한 얼굴로 웃고 있었다.

'그렇다면 이 힘은 신성력인가?'

마나를 깨닫고서 신성력을 처음 느껴 보는 발렌. 다수의 사제들과 몽크, 성기사들이 이 결계를 치고 있었다. 그녀는 발렌을 증오스러운 눈으로 바라보았다. 그때 발렌의 눈앞에 프리실라가 다가왔다.

"오랜만이로군요, 마이셀 백작. 아니, 이제 공작이던가요? 엘리즈를 붙잡는다면 언젠가 당신이 눈앞에 나타날 거라 생각했어요. 설마 벌써 나타날 줄 몰랐지만, 혹시나 해서 미리 준비해 둔 보람이 있었네요."

모두 프리실라의 함정이었다. 설마 사전에 이렇게까지 준비하리라고는 상상도 못했다. 그게 내심 놀랍지만, 발렌은 여유로운 척 그녀를 바라보며 조롱 섞인 웃음을 띠었다.

"서로 반갑다고 인사할 사이는 아닌 것 같은데? 웃으면서 얘기하고 싶다면 다과를 내와. 물론 차는 홍차로. 그리고 네가 직접 끓여."

적으로 만난 이상 반가워할 이유는 없다. 발렌이 그녀를 무시하는 발언을 하자 옆에 있던 참모가 칼을 뽑아 들었다.

"이 무례한 놈, 감히 황제 폐하께 그런 망발을 하다니!"

당장에라도 죽일 듯이 다가가려고 하자, 참모를 제지하는 프리실라. 그녀가 발렌에게 다가갔다.

"기분이 어떠신가요?"

"글쎄, 어떨 것 같아?"

발렌이 붙잡혀서 아무것도 못 하는 상황이 되자 여유로운 표정으로 바라보는 프리실라. 발렌은 그녀의 그런 모습이 마치 한 마디도 지기 싫어하는 어린애 같다는 생각이 들었다.

"계속 그렇게 대답하시면 저도 기분이 많이 상합니다."

"하고 싶은 말이 있을 거 같은데, 시간 끌지 말고 본론부터 말하시지?"

자신을 붙잡아 두고 계속 대화를 시도하는 프리실라. 분명 자신에게 하고 싶은 말이 있을 거라 여긴 발렌이 본론부터 꺼내라 말한다.

"당신은 항상 변수를 만들지요. 거기다 제가 지금까지 해 왔던 일을 방해하는 건 당신뿐이었죠."

"그래? 그거 아쉽게 됐네."

"엘리즈를 독살하려고 보낸 자객을 막아 내고, 건국 기념일의 오우거 사건에서 그녀를 구하는 데 일조한 데다, 세기어 왕국의 야만족 침입까지. 모든 일의 중심에는 당신이 있었습니다."

그 말에 엘리즈가 충격적인 얼굴로 프리실라를 바라보았다. 발렌은 기가 찬 표정으로 그녀를 바라보았다.

"뭐야, 그때 제시카를 보내 리즈를 암살하려고 한 게 너였나?"

"예. 나름 실력이 있는 암살자를 고용해서 보냈지요. 설마 방심이 지나쳐 죽을 줄은 전혀 예상하지 못했지만요."

설마 여기에서 제시카와 오우거의 일, 그리고 야만족의 일까지 나올 줄은 전혀 몰랐다. 그녀가 그 모든 것의 원흉일 줄이야.

"어쩐지 이상하더라니. 야만족들이 무슨 재주로 텔레포트를 사용해서 드워필리지를 공격했는지 의문이었는데."

녀석들은 주술을 쓰지, 마법을 쓰지는 못한다. 마법을 쓰지 못한다는 것은 텔레포트를 쓰지 못한다는 의미이기도 하다. 또한 그들은 마법사들을 증오하고 죽여야 하는 대상으로 보았기 때문에 마법사들을 포로로 잡아 이용하지는 않았을 것이다.

하면 어째서 세기어 왕국에서 그런 일을 벌였을까? 단순히 발렌을 죽이기 위해서 같지는 않았다.

'……마정석 때문인가?'

세기어 왕국에는 엄청난 양의 마정석이 매장되어 있다. 이 대륙에 있는 마정석의 대부분을 세기어 왕국에서 유통하고 있을 정도니 말이다. 마정석은 마법 연구만이 아니라 전쟁에도 이용할 수 있었다. 마나를 다 써도 마정석에 담긴 마나를 이용한다면 마법을 다시 사용할 수 있다. 세기어 왕국과 바올라 제국은 매우 우호적인 관계이다. 어쩌면 그 관계를 깨뜨려 마정석이 바올라 제국에 유통되는 것을 막으려고 한 것이 아닐까 추측한다. 의문이 하나씩 풀려 갔다.

처음 만났을 때는 동생을 생각하는 마음씨 착한 언니라고 생각했는데, 사실은 속에 날카로운 독을 품고 있는 독사였다. 모든 것이 그녀의 계획대로 진행되고, 모든 것이 그녀에게서 시작되어 자신이 고통받았다고 생각하니 화가 치밀어 올랐다.

"보통 사람들의 미래는 잘 보이지만 당신은 어째서인지…… 전혀 보이지 않아요. 마치 정해진 운명이 없기라도 한 것처럼."

발렌이 인상을 찌푸린다. 무슨 소리를 하고 있는지 전혀 모르겠다. 그러나 프리실라는 딱히 그 이유에 대해서 말해 줄 생각이 없는 듯했다.

"그래서 말인데, 당신, 제 편이 되어 주시지 않겠어요?"

"그게 무슨 말씀이시죠, 폐하?"

마리나 성녀가 가장 먼저 반응한다. 그를 아국의 편으로 끌어들이겠다니. 지금 이 순간 발렌을 가장 죽이고 싶어 하는 사람은 마리나 성녀였다. 아버지의 원수를 갚을 수 있는 기회인데, 그를 끌어들이는 건 그녀가 바라는 것이 아니다. 그러나 그녀의 물음에 대답하지 않는 프리실라.

"당신 같은 인재는 언제나 환영이에요. 이미 알고 계시겠지만, 바올라 제국의 귀족들은 당신을 싫어하고 있어요. 그거 아세요? 당신이 행방불명되었을 때 바올라 제국의 귀족들이 당신을 음해하려고 고민했다는 걸요."

프리실라가 십자가에 묶인 엘리즈를 바라본다. 발렌의 시선도 엘리즈에게 향한다. 엘리즈는 시선을 피한다. 사실이 아니었으면 시선을 피하지도 않았을 것이다. 프리실라의 말은 진실이었다.

"하지만 아국은 다르죠. 우리는 재능에 따라 사람의 능력을 평가하는 나라니까요. 물론 아국에도 당신에게 악감정을 품은 사람이 많지만, 시간이 지나면 그 능력을 인정하고 받아들일 거예요."

프리실라가 메이어 신성 제국의 편에 설 것을 제안한다. 그러나 발렌은 그녀의 제안을 생각하지도 않고 바로 거절했다.

"미안하지만, 난 그럴 수 없는 몸이라서 말이야. 뭐, 날 음해하려고 해 봤자 어떻게 할 건데?"

무력으로 음해하려고 해도 모두 저지하면 그만이고, 정치적으로 매장시키는 방법이 있기는 하지만, 발렌은 그런 것을 전혀 신경 안 쓴다.

"말뜻을 이해하지 못하고 계시는군요. 이건 제안이 아니라 명령이에요."

프리실라가 이제는 고압적인 표정으로 그를 내려다본다. 그러나 발렌이 피식 웃었다.

"명령은 널 따르는 사람에게 내릴 수 있는 게 명령인 거야."

"그런가요? 아쉽게 됐군요."

프리실라가 천천히 다가와 검을 들이민다. 자신의 손으로 직접 발렌을 죽이려는 것이다.

"바, 발렌!"

엘리즈가 묶인 채 발버둥친다. 그러다가 자신의 목에서 느껴지는 통증에 인상을 찌푸렸다. 그녀의 시선이 프리실라가 들고 있는 검으로 향했다. 검도, 마법도 쓰지 못하는 프리실라가 검을 들고 있다. 그리고 그 검에는 소량의 피가 묻어 있다.

'잠깐, 설마 저거…… 내 피?'

엘리즈는 불현듯 불안감을 느꼈다. 그녀가 느끼는 불안을 모르고 발렌은 이 상황에서 태평한 생각을 했다.

'어차피 리셋하면 돼.'

리셋이 되면 이 결계에 걸리지 않고 엘리즈를 구출할 수 있다. 발렌은 죽음을 앞둔 순간에도 무서워하는 기색이 없었다.

엘리즈의 피가 묻은 검이 점차 발렌에게 다가간다. 그것을 본 엘리즈의 눈동자가 커진다.

"안 돼!"

『안 돼!』

엘리즈와 리티의 다급한 외침이 들려왔지만, 발렌의 목에 상처가 나는 것과 동시에…….

쉬이이익—

자신의 내면에서 뭔가가 사라지는 느낌이 들었다. 그와 함께 불안감을 느낀 발렌이 본능적으로 마나를 끌어모아 폭발하듯 방출시켰다. 그 여파로 충격파가 발생해 사방으로 퍼진다.

성기사들이 즉각 움직여 프리실라를 지켰다. 프리스트들이 신성 방어 마법을 걸고, 성기사들과 몽크들이 몸으로 방어해 내 바로 앞에 있던 프리실라가 무사할 수 있었다.

거의 대부분의 마나를 소진하자, 발렌을 옥죄고 있던 마법진이 깨지며 속박에서 자유로워졌다.

'뭐, 뭐지?'

발렌이 목을 매만졌다. 목에 난 상처가 그리 깊지 않았다. 그런데 뭔가 이상했다. 방금 전 자신에게서 뭔가가 사라지는 기분이 들었다.

『이런, 이미 늦었구나!』

'무슨 일이에요, 리티? 뭔가 알고 있는 거죠?'

『리셋 마법이 해제되었다. 넌 다음이 없다. 죽어도 리셋되지 않아!』

"……?!"

그게 무슨 소리란 말인가? 지금까지 잘만 유지된 리셋 마법이 어째서 해제되었다는 것인가! 발렌은 놀란 표정으로 엘리즈를 바라보았다. 엘리즈는 이에 대해 알고 있는 듯한 얼굴이다.

'물어봐야 되겠어.'

자신이 모르는 무언가를 그녀가 알고 있다. 발렌이 십자가 인근에 모인 병사들에게 달려들었다.

"마이셀 공작을 막으세요! 엘리즈 여제를 구출하게 놔둬서는 안 됩니다!"

프리실라가 소리친다. 메이어 신성 제국군이 그를 막아내려고 했지만, 발렌의 검 앞에 모두가 픽픽 쓰러졌다. 게다가 그의 주위에는 반투명한 방어막이 둘러쳐져 있어 그 누구도 발렌에게 피해를 입힐 수 없었다.

순식간에 그녀가 묶인 십자가에 다가간 발렌이 밧줄을 끊어 그녀를 안아 들었다.

"리즈, 꽉 잡아. 헤이스트."

발렌이 빠르게 드리필드 성을 향해 뛰기 시작했다.

*　　　*　　　*

"보고 드립니다. 엘리즈 여제와 붉은 악마를 놓쳤습니다."

참모가 발렌을 놓쳤다는 보고를 했다. 엘리즈를 기껏 사로잡았는데 놓친 것도 꽤나 뼈아픈 실책이지만, 기회가 있었음에도 그를 죽이지 못한 것은 더더욱 뼈아픈 실책이었다.

"지금 당장 저 성내에 있는 이들을 섬멸합니다."

"총공격을 개시하시려는 겁니까?"

"아뇨. 신의 철퇴를 준비하도록 하세요."

"시, 신의 철퇴!"

그녀의 말에 참모들의 눈이 휘둥그레진다. 마리나 성녀도 의외라는 듯 그녀를 바라보았다.

"신성 군단을 희생해서라도 반드시 그를 죽여야 합니다."

프리실라는 뭔가에 쫓기는 듯한 표정이었다. 평소 어떤 상황에서도 침착했던 그녀가 도무지 진정하지를 못하고 있었다.

'잠깐이지만 미래가 보였어.'

발렌에게 상처를 입힌 직후, 잠깐이지만 미래가 보였다. 아군을 향해 달려들어 엄청난 무위를 발휘하며 전장을 휘젓는 발렌의 모습이 말이다. 그는 알레하그라에서처럼 수

많은 아군의 시체 위에 서 있었으며 자신을 포함해 다수의
포로를 사로잡는 전과를 보였다. 이 전쟁의 승패를 좌우하
는 결정적 계기가 될 것이다.

'내가 잡히면 모든 게 끝이야.'

그들을 한 번에 섬멸할 절대적인 힘을 보여야 했다. 그렇
게 해서 적들을 섬멸, 앞으로의 미래를 바꿔야 했다.

"폐하, 정말 신의 철퇴를 사용하실 계획입니까?"

마리나 성녀가 혹시나 하여 되묻는다. 프리실라는 망설
임 없이 고개를 주억인다.

"예. 마이셀 공작이 있는 한 저 성을 점령하기는 불가능
합니다. 이곳에 계속 붙잡혀 있으면 원정에도 큰 차질이 빚
어집니다."

그녀가 무엇이든 희생하려는 의지를 보이자 마리나 성녀
가 고개를 주억였다.

"지금 당장 준비하겠습니다. 신의 철퇴를 내릴 동안 단
단히 방어할 준비를 해 주십시오."

프리실라가 고개를 주억인다.

*   *   *

"황제 폐하!"

발렌이 무사히 엘리즈를 구출했다. 발렌에게 안겨 있던 엘리즈는 드디어 땅에 발을 붙일 수 있었다. 모든 이들이 그들에게 모여들었다.

'조금 위험했다.'

텔레포트 마법을 쓰지 못하고 뛰어서 성으로 달아나야 했던 발렌. 그리고 그를 추격해 오던 적들. 다행히 남은 마나를 쥐어짜 가며 헤이스트 마법으로 빠르게 이동한 덕에 적들은 발렌에게 접근도 못해 보고 뒤로 물러나야 했다.

"황제 폐하께 이런 수치심을 안기게 만든 소신을 벌하여 주십시오!"

마르크가 엘리즈에게 다가와 무릎을 꿇고 소리친다. 그러나 엘리즈는 그에게 신경 쓸 때가 아니었다.

"지금 마이셀 공작과 긴히 할 말이 있습니다. 제3근위단장. 조용히 대화를 나눌 만한 곳으로 안내해 주세요."

"예, 폐하."

레딘이 멋스러운 경례를 한 뒤 그녀를 안내했다. 발렌도 같이 이동한다. 그들은 드리필드 성내에 있는 병영에 도착했다. 병영 내에는 아무도 없었다. 모두 성벽 위에서 수성을 하고 있기 때문이다.

사람이 없다는 것을 확인하자, 엘리즈가 입을 열었다.

"큰일 났어. 어떻게 하지, 발렌? 리셋 마법을 더 이상 쓸 수 없게 됐어."

그 말을 듣고 레딘의 눈이 커진다. 그리고 발렌을 바라보았다. 더 이상 리셋 마법을 쓰지 못한다니? 갑작스러운 일에 당황스러울 정도다.

"넌 그걸 어떻게 알고 있는 거야?"

"황실 대대로 전해 내려오는 이야기가 있었어. 나라가 위기에 처한 상황에 대영웅이 나타나게 될 거라고. 그때 황실 도서관 4층의 문을 열 수 있을 거라고."

발렌은 엘리즈의 말을 경청한다.

"네가 대영웅이라 불리면서 난 그곳을 열람할 수 있었어. 그리고 그곳에 있던 보나바르가 남긴 쪽지를 보게 됐어."

엘리즈가 그 어떤 때보다 진지한 얼굴로 그에게 사실을 털어놓는다.

"리셋 마법은 임무를 마쳐도 수명이 다 될 때까지 유지된다고 했어. 다만 임무를 마치면 그 후에는 나라를 지키는 것이 아닌 너 스스로의 의지로 이용할 수 있다고 했어. 보나바르는 자신이 만든 리셋 마법 때문에 네가 이 나라를 원망하여 갈아엎을 것이라 여기고 리셋 마법을 해제해 널 죽이라는 말을 남겼어."

"……."

"리셋 마법의 해제 조건은 바올라 황실의 피가 묻은 날붙이로 상처를 낼 것. 아까 프리실라 여제가 내 피가 묻은 단검으로 너의 목을 그었지? 그것 때문에 네 리셋 마법이 해제된 거야."

"……."

왜 리셋 마법이 해제되었는지 그제야 알게 된 발렌. 그가 이를 갈았다. 이 저주에서 해방되는 것이 그에게 있어 가장 큰 소원이었으나, 왜 하필 이런 상황에 해방된다는 말인가!

"나라를 갈아엎어? 내가 미쳤다고 이 나라를 갈아엎어?"

나라를 갈아엎는다는 것은 자신이 황제의 자리에 앉는 것인데, 발렌은 황제의 자리에 앉고 싶지 않았다. 영주가 된 것만으로도 어깨에 얹힌 짐이 무거운데, 황제는 그 이상으로 무거운 짐을 지게 된다.

엘리즈는 발렌이 황제의 자리에 앉고 싶어 할 만큼 야망이 있는 사람이 아니라는 사실을 잘 알고 있으나, 아무리 보나바르라도 천 년 후의 일을 예측하기는 힘들었으리라.

"보나바르, 몇 번이고 생각한 거지만 그 녀석은 진짜 빌어먹을 놈이야. 날 실컷 이용하고, 죽이려고까지 하다니."

발렌은 보나바르가 살아 있었다면 지금 당장 손봐 주러 갔을 것이다. 그가 천 년 전에 죽은 인물이라는 게 이렇게 아쉬울 수가 없었다.

"게다가 왜 하필 전쟁 중에 리셋 마법이 해제된 거야. 이 제 전처럼 몸을 사리지 않고 싸울 수 없게 되었잖아."

죽음을 맞이해도 죽는 게 아닌 터라 누구도 해내지 못한 일을 해 왔던 발렌. 이제는 정말 뒤가 없기 때문에 몸을 사려야 한다는 것에 으득 이를 갈았다.

"미안해, 발렌. 이게 다 내 잘못이야."

엘리즈는 그에게 사과했다. 자신이 사로잡히는 바람에 이렇게 되었다. 나중에 전쟁이 끝나고, 그가 원한다면 리셋 마법을 해제해 주려고 했다. 발렌도 전쟁 중에 무슨 일이 벌어질지 모르니 리셋 마법에 의존하려고 했다.

언제나 죽음이 오가는 전쟁만큼 위험한 상황이 어디 있 겠는가. 전쟁 중 리셋 마법이 있으면 그것만큼 든든한 게 없었다. 그러나 하필 다른 상황도 아니고 왜 이런 중요한 일이 있을 때 리셋 마법이 해제된 것인지.

그렇다고 발렌은 그녀를 탓할 이유가 없었다. 그녀의 잘 못이 아니다. 어쩔 수 없는 상황이었을 뿐이다.

"넌 아무 잘못 없어. 보나바르가 나쁜 거니까."

그렇다. 보나바르가 나쁜 것이다. 발렌은 그리 생각하고 있었다.

'아까 엘리즈와 동시에 리티도 소리쳤는데, 리티도 이

리셋 마법의 해제 조건을 알고 있었나요?'

『……알고 있었다.』

리티는 부정하지 않았다. 리셋 마법의 해제 조건이 무엇인지 이미 다 알고 있었다. 바올라 제국 황실 가문의 피. 그것이 리셋 마법의 해제 조건이라는 것을.

'바올라 제국 초대 황제의 이름을 걸고 사실대로 말해 주세요. 그럼 처음부터 리티도 제가 이용만 당하다 죽임을 당할 것을 알고 있었던 건가요?'

『내 이름과 명예, 모든 것을 걸고 말하마. 그건 전혀 몰랐다. 보나바르는 리셋을 해제할 방법을 후대 황제가 볼 수 있도록 남겨 두었다고 말해 주기만 했다. 나는 단순히 리셋에서 해방시켜 주려는 건 줄 알았는데…… 이런 일을 꾸미는지 전혀 상상도 못했구나.』

'결국 보나바르는 자신의 친우이자 주군까지 속였던 거군요.'

『그런 셈이구나.』

'친구를 가려 가면서 사귀지 그랬어요.'

『녀석도 원래 순박하고 좋은 놈이었다. 다만 아내와 자식을 잃고 전쟁을 겪으며 사람이 변해서, 잔혹해진 면이 없잖아 있다.』

이 나라의 대영웅 중 한 명이니 보나바르를 모르는 이는

극히 드물다. 트라비키아 통일 제국이 보나바르에 대한 복수로 아내와 자식들을 모두 죽였다는 이야기는 역사를 모르는 이들도 한 번쯤 들어 본 얘기이다. 다만 역사책에서는 그의 성격까지 자세히 나오지 않는데, 적들에게 일체 자비를 보이지 않은 것만큼은 확실하게 기록되어 있었다. 어쩌면 평상시 성격도 그와 동일하지 않았을까 싶다.

"젠장."

발렌이 혀를 찼다. 갑자기 일이 꼬인 기분이다. 리셋 마법을 만든 보나바르를 저주하고, 이 저주에서 해방되고 싶은 것이 발렌의 소망이었다. 그러나 이런 식으로 갑작스럽게 해방되는 것은 원치 않았다. 이용할 수 있으면 이용하려고 했는데, 이제 리셋 마법을 활용하지 못한다. 말 그대로 이제 죽으면 뒤가 없었다.

그때였다.

"음?"

레딘과 발렌이 동시에 이상함을 느꼈다. 엘리즈도 뒤늦게 이상함을 느꼈다. 강대한 신성력의 움직임이 느껴졌기 때문이다. 그것은 적들의 진영에서 시작하고 있었다. 심상치 않음을 느낀 그들이 곧바로 성벽으로 뛰어갔다. 그들이 도착하자, 성벽 위에서 그들을 주시하고 있는 병사들을 볼 수 있었다.

"큰일 났습니다! 적들이 성을 잿더미로 만들려고 하는 것 같습니다!"

세인브리트의 알테미아 교단에서 활동하던 사제들이다. 그들은 부상자를 치유하기 위해 드리필드 성에 같이 주둔하면서 포로와 아군을 치료하는 역할을 하고 있었다. 엘리즈가 물었다.

"강대한 신성력이 느껴지는데, 저건 무슨 마법이죠?"

"신의 철퇴라는 마법입니다. 신성 마법입니다만, 신성 마법답지 않게 엄청난 파괴력을 지녔습니다!"

"신의 철퇴!"

모두가 경악한다. 말로만 듣던 최강의 신성 마법, 신의 철퇴. 이 마법은 강력한 만큼 엄청난 대가가 따른다. 신성 마법을 쓸 수 있는 자들이 최소 만 명 이상 목숨을 바쳐야지만 사용할 수 있다고 알려져 있다. 설마 그 마법을 그들이 쓸 수 있는지도 몰랐고, 사용하려 들 줄도 몰랐다.

옛 고전에서 중간계를 침입해 대륙의 절반을 폐허로 만든 마왕을 신의 철퇴로 무찔렀다고 하지 않던가. 소문으로는 한 도시의 반을 없애 버리는 드래곤 브레스를 뛰어넘는 금기의 마법이다.

"완전히 미쳤군."

레딘이 기가 막힌다는 듯한 얼굴로 그들을 바라본다. 이

성에 주둔한 이들을 모두 없애겠다는 것이 아닌가. 제정신이 아니고서야 할 수 없는 일이다.

"시간이 좀 걸리나, 저 마법이 완성된다면 비유가 아니라 말 그대로 이 성에 있는 모든 것이 형체도 남지 않고 사라질 겁니다. 아니, 어쩌면 이 일대의 지형이 바뀌고, 모든 생명체들이 흔적도 없이 사라질 겁니다."

발렌이 전력을 다해도 끌어 모으기 힘든 엄청난 양의 마나. 그들이 아주 작정하고 일을 벌이고 있다는 생각밖에 들지 않았다.

"저 마법을 막을 방도가 있나요?"

"저들의 진영 한가운데로 진입해 마나를 흘려 훼방을 놓는 겁니다. 그렇게 한다면 그들이 모은 신성력이 주변으로 흩어지고, 진은 와해될 겁니다."

어떻게 해서든 적들의 진영으로 가서 그들을 훼방 놓아야 한다는 뜻이다. 그들도 접근을 막기 위해 병사들을 배치해 두었다. 저곳을 뚫기는 힘들어 보였다. 저들도 목숨을 걸고 막으려고 하고 있었다.

스릉— 스릉—

쇠끼리 부딪치는 소리가 들린다. 모든 이들의 시선이 그쪽으로 향한다. 그곳에는 발렌이 있었다. 그는 실린건에 화약과 총알을 넣어 장전하고 있었다. 장전을 방금 마친 듯 실린건을 등에 메고 손목에 차고 있던 실린더의 뚜껑을 열어 실린더의 상태도 살핀다. 장비의 점검을 마친 그가 말한다.

"제가 훼방 놓도록 하죠."

"위험합니다, 마이셀 공작. 가지 마세요."

엘리즈가 그의 소매를 붙잡았다. 가지 말라는 듯 말리고 있었다. 그는 이제 더 이상 리셋 마법의 힘을 받지 못한다. 다른 사람들처럼 진정한 죽음을 맞이할 수 있었다. 엘리즈는 그가 리셋으로 고통을 받는 것도 원치 않지만, 죽는 것 또한 원치 않았다.

발렌이 조용히 그녀를 바라본다. 그리고 주위를 바라본다. 모든 이들의 시선이 그들에게로 향한다. 발렌은 그들에게서 시선을 거두고, 그녀에게 다시 향한다.

"황제 폐하께 드릴 말씀이 있습니다. 잠시 무례를 용서해 주시겠습니까?"

"윤허합니다."

그녀의 허락과 동시에 발렌이 어깨를 붙잡았다.

"리즈, 걱정하지 마. 내가 해결해 줄 테니까."

많은 이들이 주목하고 있는 가운데에서 당당히 그녀의 애칭을 부른다. 엘리즈는 그가 하려는 것이 무엇인지 깨달았다. 알레하그라 전투 때처럼 또 적들에게 돌격하려는 것이다.

"안 돼. 절대 허락할 수 없어. 이제는 그렇게 할 이유가 없잖아. 왜 또 나서려는 건데?"

엘리즈는 그의 일을 막아섰다. 이미 알레하그라에서 고통을 받은 그가 이번에는 진짜 죽음을 담보로 돌격하려 한다. 그것만큼은 절대 허락할 수 없다.

"이게 나의 일이니까. 나를 믿고 지켜보는 이들의 기대에 부흥해야지. 비록 보나바르 때문에 여러 일을 겪게 되었지만, 이제는 내가 하고 싶어서 하는 거야."

"그래도 가면 안 돼. 다른 방도를 찾아보자. 저들의 마법은 결코 단기간에 마칠 수 있는 게 아닐 테니까. 시간은 아직 있어."

발렌이 고개를 저었다.

"그러기에는 늦어. 지금 당장 해야 돼."

저들도 필사적일 것이다. 분명 훼방 놓을 것을 알 테니 단단히 수비를 준비하고 있으리라. 그들의 일을 방해하기 위해서는 지금 당장 움직여야 한다.

"분명 방도가 있을 거야. 그러니……."

"리즈, 너도 내게 소중한 사람이야."

엘리즈의 눈동자가 커진다. 발렌이 자신의 소매를 잡은 그녀의 손을 정중히 떼어 낸 뒤 성벽의 난간에 올라간다.

"소중한 것을 잃을 수 없어. 저기 바로 뒤에 있는 마을이 보이지? 저 마을이 아올란 마을이야. 이곳을 불바다로 만들 수는 없어. 적들이 10만이든 100만이든 소중한 것을 지키기 위해서라면 난 싸울 거야. 기다려 줘. 금방 끝내고 올 테니까."

"발렌!"

엘리즈가 다시금 손을 뻗었지만, 발렌은 이미 성벽 아래에 있었다. 발렌의 머리는 붉게 달아올라 있었고, 왼손에는 완드를, 오른손에는 검을 들고 적들을 향해 걸어가고 있었다.

*　　　*　　　*

저벅저벅.

천천히 다가오는 발렌을 보고 메이어 신성 제국군의 병사들이 침을 꼴깍 삼켰다. 누군가는 잔뜩 긴장을 하고, 또 다른 누군가는 목에 찬 알테미아교의 목걸이를 손에 쥔 채 신에게 기도를 하고 있다.

그들이 불쌍하다. 그들도 소중한 이들이 있고, 지킬 것이 있을 것이다. 저 중에는 전쟁에서 팔자를 펴고자 자진해서 온 이들도 있을 것이고, 전쟁에 참전하고 싶지 않던 이도 있을 것이다. 낯선 타국에서 낯선 이들과 싸움을 해야 하는 그들에게 연민을 느낀다.

'그렇다고 남의 소중한 걸 부수는 행위는 용납 못 해.'

적으로 만난 것이 안타까울 뿐이다. 전쟁에서 희생되는 이들 중 대다수가 평범한 사람들이고, 그들은 대부분 전쟁이 벌어져 끌려오는 자들이다.

"부, 붉은 악마가 오고 있다! 막아라!"

"우와아아!"

공포를 잊기 위해 함성을 지르며 발렌에게 돌격해 오는 적들. 발렌은 오른손에는 칼자루를, 왼손에는 완드를 쥔 채 그들에게 뛰어간다.

그들에게 돌풍이 불었다. 갑작스러운 돌풍에 흙먼지가 날려 방패나 팔로 얼굴을 가리는 그들. 돌풍이 멈춰 서야 그들이 정면을 바라보았지만, 이미 정면에는 그가 없었다.

"위, 위에 있다!"

다급한 목소리에 적들의 시선이 일제히 하늘로 향한다. 그리고 그들은 경악했다. 발렌의 주위로 떠도는 무수히 많은 화염구가 그들에게 날아들고 있는 것이다.

쾅! 쾅! 쾅!

수많은 화염구가 적들의 진형에 떨어지며 폭발을 일으킨다. 우왕좌왕하는 사이, 진형 한가운데에 발렌이 떨어졌다.

사사삭!

그가 검을 휘두를 때마다 적들이 쓰러져나간다.

"방패병, 앞으로! 막아라!"

일사불란하게 지휘가 이어진다. 방패병들이 앞장서서 그를 사방에서 부딪쳐 오려고 한다. 움직임을 봉하고 방패 사이로 검이나 창으로 찌를 생각이리라. 발렌이 그것을 보고 피식 웃었다.

"미안하지만 너희들의 전술은 이미 다 알고 있다고."

알레하그라에서 15만 명과 몇 번이고 싸우며 메이어 신성 제국군의 기본 전술을 이미 답습한 발렌. 수많은 실전을 통해 어떻게 뚫을 수 있는지 다 익히고 있었다. 그는 손목에 차고 있는 실린더를 발사했다.

콰아앙!

실린더가 발사되자, 폭발이 일어나며 그 반경에 있던 적들이 사라진다. 발렌은 손목에 차고 있던 실린더를 그 자리에서 풀어 망설이지 않고 바닥에 버리더니 진형으로 돌입했다.

빠르게 움직여 바닥에 떨어져 있는 메이어 신성 제국군의 방패 하나를 탈취한다. 실린더를 착용하고 있던 왼쪽 손목에 방패를 고정시킨다. 적들에게서 날아오는 공격을 방패로 막아 내고 반격을 가하며 계속 전진했다.

"하압!"

갑자기 거친 기합 소리가 들린다. 발렌이 검을 휘둘렀다. 적 기사 한 명의 검이 발렌의 검을 막아 냈다. 공격을 한 것은 이쪽인데, 발렌이 들고 있던 검이 반으로 부러졌다.

'쯧. 오러 사용자라니.'

자신의 검이 부러진 이유는 명확했다. 오러를 사용하지 못하는 발렌과 달리 베노스 백작은 기사이기에 오러를 사용할 수 있었다. 오러를 사용하니 검의 강도에서 이쪽이 뒤떨어질 수밖에 없는 것이다.

"내 이름은 다이크 비 베노스! 베노스 백작가의 백작이다! 내가 붉은 악마의 목을 가지러 왔다!"

전장에서 기사들끼리 상대를 존중하는 의미에서 얼굴을 보이며 통성명을 한다. 베노스 백작은 기사로서 자신을 소개하고 있었다.

그러나 발렌은 기사가 아니었다.

"시간 없으니까 꺼져!"

"오냐, 내가 직접 처단해 주마. 죽어라, 악마!"

베노스 백작이 발렌을 향해 검을 휘두른다. 익스퍼트급 기사의 오러는 방패로 막아 봤자 소용이 없다. 방패 째로 그의 팔목도 베일 것이다. 발렌은 베노스 백작의 검에서 눈을 떼지 않았다. 그가 머리를 숙여 검을 피한 후, 다리를 힘차게 도약하여 겨드랑이에 부러진 검을 찔러 넣었다.

"으아악!"

제아무리 두꺼운 갑옷으로 무장을 했다고는 해도, 움직임을 위해서는 관절을 비워 둬야 한다. 그는 겨드랑이에 찔러 넣은 검을 재빨리 회수해 녀석의 뒤를 잡아 다리 관절을 베어 버렸다. 다리 관절이 베이자 베노스 백작이 쓰러진다.

발렌은 부러진 검을 뒤에 있는 병사의 미간에 던지고서 땅바닥에 떨어진 메이스를 주워 투구를 힘껏 때렸다. 순식간에 투구가 함몰되고, 베노스 백작의 움직임이 멈췄다. 투구 사이로 시뻘건 피가 흘러나온다.

마법사가 마법을 쓰지도 않고, 백병전으로 너무도 쉽게 기사를 제압했다. 발렌에 대한 소문은 익히 들었지만, 손속이 없는 잔혹한 모습과 압도하는 무력에 병사들이 주춤주춤 뒤로 물러난다. 슬슬 진형이 알아서 와해되려고 한다. 스스로 진형이 무너질 때 발렌은 돌입할 준비를 했다.

"물러서지 마라! 물러서는 자는 즉각 처형하겠다!"

한 장교의 외침이 들린다. 그들 뒤에는 기사들이 배치되어 있었다. 병사들이 물러나면 베려는 듯 창을 아군을 향해 내밀고 있었다.

앞으로 가도 죽고, 뒤로 가도 죽는다. 적들은 하는 수 없이 그를 막고자 다시 진형을 이룬 채 함성을 지르며 그에게 달려들고 있었다.

"쳇."

결국 발렌은 마법을 사용하기로 했다. 병사들은 어차피 죽을 거, 발렌에게 맞서 싸우다 죽기로 결심한 듯 보였다. 이대로 시간을 끄는 것도 무리가 있다. 그는 더욱 빠르게 돌파하기로 했다.

"헬 파이어."

순식간에 거친 화마가 다수의 적들을 덮친다. 물을 부어도 꺼지지 않는 지옥의 화마에 적들이 비명을 지른다. 발렌은 고통에 비명을 지르는 적들을 무시한 채 적들 한가운데로 돌입해 난전을 유도했다.

'최대한 궁병과 마법사들이 힘을 발휘하지 못하게 해야 돼.'

알레하그라에서 15만 명과 싸운 것과 차이점이라면 리셋이 없다는 것과 마음가짐이 다르다는 것이다. 전에는 엄청난 죽음을 맞이할 각오였다면, 이제는 죽지 않으면서 뒤에 있는 이들을 지키기 위한 각오였다. 말 그대로 뒤가 없다. 오직 앞으로 가야만 했다.

"붉은 악마를 죽여라! 죽이는 자에게는 황제 폐하께서 100골드와 함께 귀족의 신분을 하사하신다고 하셨다!"

장교의 외침이 발렌의 귀에 닿았다. 발렌의 시선이 그곳으로 향한다. 그 장교는 발렌과 눈이 마주치자 화들짝 놀라 어깨를 움찔한다. 발렌이 씩 웃었다. 그의 모습이 순식간에 사라지고, 장교의 앞에 나타난다.

"나 하나 잡는다고 100골드와 귀족의 신분?"

장교가 귀신을 본 것처럼 눈동자가 지진이 일어난 듯 흔들린다.

"내 가치가 고작 100골드라니. 최소한 1,000골드 이상은 내놓았어야지!"

그 말을 끝으로 그의 팔이 빠르게 움직인다. 그가 검을 휘두를 때마다 적들이 쓰러진다.

"붉은 악마! 베노스 백작님의 복수로 너의 목을 취하겠다!"

멀지 않은 곳에서 말발굽 소리와 함께 지진이라도 일어난 듯 땅이 요란하게 흔들렸다. 발렌의 시선이 소리가 들려오는 곳으로 향한다. 다수의 기병들이 다가오고 있다. 플레이트 메일로 무장한 기사들이었다. 100명이 조금 될까 말까한 기사들. 메이어 신성 제국의 황제기와 다른 깃발을 든 이들이었다. 보아하니 방금 전 죽인 베노스 백작의 기사들인 모양이다. 그들을 엄호하기 위해서인지 화살이 그에게로 쏟아져 내린다.

"어리석기는."

그가 손을 펼치자 반투명한 방어막이 펼쳐진다. 단순한 쉴드임에도 아크 위저드급 마법사의 쉴드는 100발이 넘는 화살을 아무렇지 않게 막아 낼 수 있었다.

그에게 집중적으로 쏟아진 화살과 마법이 애꿎은 대지에 박힌다. 기사들이 어느새 그의 주위를 돌고 있다. 발렌을 포위하여 돌고 있는 기사들. 빈틈이 보이면 그 즉시 돌입할 생각인 듯싶었다. 발렌은 그들이 오기를 기다리지 않았다. 그가 손가락을 튕겼다.

"그래비티(Gravity)."

발렌이 시전한 마법은 100명이 넘는 기사들은 물론 그 주변에 있던 다른 병사들에게도 영향을 미쳤다. 순식간에 다수의 인원이 엄청난 중력에 짓눌려 형체를 알아볼 수 없게 변했다. 그 자리를 뒤에 있던 병사들이 채우려고 전진한다.

"파이어 볼!"

메이어 신성 제국의 마법사들이 발렌을 향해 파이어 볼을 날린다. 수십 개의 불덩이가 쏟아진다. 그 뒤로는 화살도 날아와 하늘을 새까맣게 뒤덮었다. 앱솔루트 쉴드라도 막아 내기 버거워 보이는 양. 마법사를 지휘하던 어떤 지휘관이 그를 저지해야 한다는 생각에, 아군이 휘말리는 것을 생각하지 않고 마법을 날린 것 같았다. 발렌이 왼손을 하늘

높이 들어 올렸다.

"스콜(Squall)."

마른하늘에 먹구름이 드리워지며 강한 폭우가 쏟아진다. 파이어 볼이 공중에서 폭발한다. 발렌을 포함한 적들의 몸이 비에 흠뻑 젖는다.

아주 잠깐 동안 막대한 양의 비를 뿌리는 마법. 순식간에 주변이 물바다가 되었다. 동시에 땅이 진창이 되었다. 적 마법사들의 공격 효과를 약화시키고, 보병들의 발을 묶어 버렸다.

'그리고 전격계 마법도 사용하지 못하겠지.'

전격계 마법을 시전했다가는 아군이 더 크게 당할 것이다. 이 상태로 전격계 마법을 사용하면 아군이 쓰러질 테니 쓰지 않으리라 생각한 발렌. 그러나 적들은 발렌의 생각과 달랐다.

"전격계 마법을 사용하라!"

"라이트닝!"

"라이트닝 볼트!"

온갖 전격계 마법이 적들에게서 날아온다.

"루트 그로우(Root Grow)."

발렌이 딛고 선 땅바닥에서 나무뿌리가 튀어나오며 그의 발을 옥죄었다. 그리고 그를 높이 들어 올렸다. 발렌이 적들을 내려다보았다. 자신이 있던 자리를 보자 수많은 적들이 감전되어 쓰러진 것이 눈에 들어왔다.

"미친놈들."

아무래도 실수가 아닌 것 같았다. 적들은 아군의 피해는 신경 쓰지 않을 만큼 자신을 죽이고자 하는 것 같았다. 그들도 처절했다. 발렌을 막아야지 이 전쟁에서 승리할 수 있다고 확신하고 있었다. 그 때문에 아군의 피해는 전혀 생각하지 않고 발렌에게 달려들었다.

"쏴라!"

이번에는 화살이 하늘에 떠 있는 발렌을 향해 날아든다. 그의 발을 옥죄던 뿌리가 풀어지고, 아래로 떨어졌다. 화살은 애꿎은 궤도로 날아가 그들의 아군을 맞췄다. 발렌은 비교적 후방에 포진된 궁병과 마법사들에게 시선을 향한다.

'궁병과 마법사들이 계속 귀찮게 하네.'

백병전만큼 정신없는 것은 없다. 백병전으로 싸우다 자신이 신경 쓰지 못한 사이에 눈 먼 마법이나 화살에 당할 수 있으니 먼저 처리해야 했다.

"어스퀘이크(Earthquake)."

쿠구구구!

기병들이 움직이는 것과 다른 땅울림. 천지가 요동친다. 그리고 궁병과 마법사들 사이의 대지가 갈라진다. 갈라진

대지 사이로 적들이 떨어졌다. 그들의 전열을 무너뜨리고 다수의 피해를 입혔다. 전멸까지는 아니지만, 절반 정도의 피해를 입힌 듯했다.

"히이익! 사람 살려!"

적 병사 중 한 명이 그의 무력을 보고 공포에 사로잡혀 도주하려고 했다. 한 명이 도주하려고 하자, 뒤이어 나머지 병사들도 도주하려고 한다. 그러자 뒤에 포진해 있던 기사들이 가장 앞서 있던 탈영병을 베었다. 그 모습을 보고 뒤따라가던 병사들이 자리에서 멈췄다.

"목숨이 다할 때까지 위치를 사수하라! 물러서면 즉결 처형 뿐이다!"

메이어 신성 제국군도 처절했다. 발렌을 어떻게든 막아내기 위해 목숨을 걸고 싸우고 있었다.

'알레하그라 때는 그래도 적들 중에 겁을 먹어서 도망치는 녀석이 있었는데.'

지금은 도망치면 죽는다는 것을 강조하고 있었다. 이게 가장 까다로웠다. 죽여도 물러나지 않고 자리를 메우기에 뚫기가 더 어려웠다. 위치를 고수하면 발렌에게 죽고, 도주하면 아군의 기사들에게 죽는 상황. 그들의 입장에서는 지금 현 상황이 공포일 것이다.

"마법사 부대와 궁병들은 붉은 악마를 공격하라!"

온갖 마법과 화살들이 하늘을 새까맣게 가릴 정도로 날아온다. 모든 것이 발렌에게 집중되어 있었다. 피하지도, 막아 낼 수도 없을 만큼 엄청난 양의 공격. 발렌이 하늘을 향해 손을 뻗었다.

"리턴(Return)."

그에게 날아오던 마법과 화살들이 허공에 우뚝 멈춰 서더니, 방향을 바꿔 날아오던 쪽으로 다시 되돌아간다. 적들은 말도 안 되는 광경을 보고 경악했다. 아군이 날린 공격에 자신들이 당하다니? 방금 전 그의 마법 하나로 마법사 부대와 궁병들이 전멸해 버렸다.

"이런 괴물 같은……!"

발렌이 피식 웃었다.

"나를 악마라 부르고 있으면서 괴물 같다니. 좀 더 순화된 건지 아닌지 애매해서 좋아해야 할지 말아야 할지도 모르겠네."

말장난하듯 말하며 다시금 적의 무기를 주워 전진하기 시작하는 발렌. 그가 움직이는 곳마다 진형이 붕괴하며 빠르게 뒤로 밀렸다. 발렌은 빠르게 적들의 진형을 붕괴시키며 적들의 중심부로 계속 이동했다.

"돌격하라!"

또다시 말발굽 소리가 들린다. 우회한 기사들이 발렌의

뒤를 잡아 공격하는 것이다. 발렌은 그들에게 눈길조차 주지 않았다. 용맹하기는 하지만 멍청했다. 이 일대는 방금 전 발렌이 사용한 스콜 마법에 의해 진창이 되었기 때문이다.

"이히히힝!"

힘차게 대지를 박차며 돌진해 오던 말들이 진창으로 인해 제대로 달려오지 못했다. 발렌은 그들을 무시하고 계속 전진했다. 그렇게 전진하다 보니 어느새 도주하려는 병사들을 처형하던 기사들이 있는 곳까지 도달할 수 있었다.

"지금쯤 악마도 마나가 거의 없을 것이다! 위대한 메이어 신성 제국의 기사들이여, 공격하라!"

헬 파이어에 그래비티 등. 이미 엄청난 양의 마나가 드는 마법을 쓴 발렌. 마법사의 절정에 다다른 자라도 그만한 마법을 쓰면 마나가 온전할 리 없었다. 그것을 알기에 기사들은 망설이지 않고 발렌을 향해 돌격해 왔다. 그러나 그것은 그들의 착각이었다.

발렌이 씩 웃었다. 마나 엔진을 가속시킨 발렌의 서클에 다시금 마나가 차올랐다.

주륵—

발렌의 코에서 코피가 흘러나왔다. 눈이 더욱 침침해지기 시작했다. 앞이 너무도 흐릿했다.

『발렌!』

리티의 목소리. 리티가 발렌의 몸의 상태를 파악해 걱정하는 것이다.

『힘을 아껴라. 너무 무리하고 있다!』

'아직 전 괜찮아요.'

『괜찮기는 뭐가 괜찮다는 것이냐! 네 수명을 계속 깎아 가면서 싸우고 있는데!』

리티는 다 알고 있었다. 발렌이 최근 코피를 자주 흘리고 눈이 침침해지는 이유를. 물론 발렌도 그 이유를 잘 알았다.

마나 폭주. 알레하그라에서 엄청난 시간을 유지한 마나 폭주로 인해 그의 수명이 깎인 것이다. 발렌도 그 사실을 알고 있었지만 남들에게 그저 무리를 많이 했다는 핑계를 대며 넘어갔다.

『그만하거라. 이 전투에서 계속 마나 폭주를 사용하다가는 5년 안으로 수명이 다 되어 죽게 될 게다!』

'제 스스로도 얼마나 수명이 깎였는지 모르고, 짐작하지도 못했는데…… 5년이라니. 리티는 제 몸 상태를 저보다 잘 알고 계시나 보네요. 하지만 이대로 멈출 수 없는 노릇이라는 거 리티도 알고 계시잖아요.'

이대로 물러날 수도 없는 상황. 블링크나 텔레포트 마법을 사용하지 못하게 방해 마법을 펼친 지금, 되돌아가는 것도 불가능하다.

『발렌!』

발렌은 리티의 말을 무시했다. 지금은 싸움에 집중할 때다. 그는 병사들이 아니라 장교들을 우선적으로 노리기로 했다. 그가 병사들 사이를 뚫고 장교들에게 검을 휘둘렀다. 일검에 군 장교의 목이 떨어진다. 입고 있는 옷을 보니 중대장쯤 되는 사람일까? 그는 군 장교들이 보이면 병사들을 제쳐 두고 집요하게 노렸다.

알레하그라에서 겪어 본 바, 자신들을 지휘하는 장교를 잃은 부대는 순식간에 오합지졸이 되고 만다. 지금도 마찬가지다. 격렬한 현 상황에서 중대장을 잃자 우왕좌왕하는 이들이 늘어났다.

처음에 100골드와 귀족의 신분을 탐내고 덤벼들던 이들도 시간이 갈수록 점점 공격하는 비중이 줄어든다. 그들도 사람인 이상 죽는 것을 두려워할 수밖에 없다. 그럼에도 물러나지 못하는 것은 신의 철퇴가 자신들을 구해 줄 유일한 희망이기 때문일 것이다.

"막아라! 반드시 막아야 된다!"

발렌을 막고자 장교들이 열심히 지휘를 한다. 일부 장교들은 발렌이 장교만 노리고 있다는 것을 눈치채고 지휘를 하다가 뒤로 물러나려고 한다. 그러나 뒤에 있던 기사들은 장교라고 예외로 두지 않았다. 장교들이 진열에서 이탈하자 즉결 칼로 베어 처형시켰다.

"파이어 스톰. 라이트닝 스톰. 블리자드!"

발렌은 마나를 계속 소진하며 적들을 공격했다. 적들의 진형이 계속 무너졌지만, 다른 이들이 나서 그 자리를 채운다.

'칫!'

하는 수 없이 그가 등에 맨 실린건을 꺼내 그들에게 발포했다. 적들의 지휘관 중 한 명이 발렌에게 저격을 당해 미간이 꿰뚫린다.

스릉!

발렌은 땅에 떨어져 있는 검을 주워들었다.

"헤이스트. 스트롱. 아이언 스킨."

백병전에 필요한 모든 마법을 자신에게 걸고 백병전에 돌입했다. 그의 검이 어느 때보다 빠르게 움직인다.

'거의 다 왔다.'

신의 철퇴가 만들어지는 곳이 점점 눈앞에 보이고 있다. 조금만 더 전진하면 된다! 그의 손이 더욱 빨라졌다.

"진형을 풀어라!"

그 외침과 함께 좌우가 갈라진다. 프리실라의 목소리였

다. 정면을 보니 프리실라가 이 위험한 전장에 있었다. 그녀가 이곳에 있는 것이 의아한 발렌. 그러나 프리실라는 웃고 있었다. 그 미소가 살벌하게 느껴졌다. 어느새 신성 군단이 신의 철퇴를 완성시킨 것이다. 발렌의 마법이 미치지 않은 곳임에도 신성 군단이 한 자리에 쓰러진 채 죽어 있었다. 성녀의 손에서부터 강대한 힘이 느껴진다. 어느새 성녀는 손을 앞으로 내밀고 있었다. 발렌의 눈이 커진다.

"당신의 패배입니다!"

"늦었……!"

콰아아아아아!

어마어마한 빛이 터져 나온다. 성녀에게서 발휘된 그 엄청난 파괴력에 맞서기 위해 발렌이 마나를 끌어모아 필사적으로 막는다!

'크윽! 무슨 이런 말도 안 되는 힘이……!'

"발렌!"

"영웅이시여!"

엘리즈의 외침과 성벽 위에 있는 병사들이 자신을 부르는 소리가 들린다. 발렌은 인상을 찌푸린다.

'저들을 지켜야 돼.'

저곳에는 자신을 믿고 기다리는 소중한 이들이 있다. 그들을 지키기 위해서 목숨을 바쳐서까지 힘을 쥐어짠다.

'하지만 마나가⋯⋯.'

이곳까지 뚫고 오는데 많은 마나를 사용해 버렸다. 오기로, 기합으로 막아 내고 있기는 하지만, 힘에 부친다. 자신도 이 말도 안 되는 힘을 막는 스스로가 신기할 정도다.

주륵—

발렌의 코에서 코피가 흐른다. 눈은 그 어떤 때보다 더 침침해지기 시작했다. 마나 폭주로 인해 그의 수명만이 아니라 육체도 혹사되고 있다. 점점 뒤로 밀려난다.

'크윽!'

마나가 부족하다. 이 막대한 힘을 버틸 만한 마나가 없었다. 이대로는 20초도 버티지 못하고 발렌은 물론 뒤에 있는 마을까지 이 힘에 말려들게 될 것이다.

'이래서는 오래 버티질 못해.'

물러서지도, 나서지도 못하는 상황. 이를 악물고 버티는 것이 한계였다. 그러나 이걸 얼마나 버틸 수 있을는지 장담하지 못하겠다.

『이제 내가 나설 때로구나.』

신의 철퇴를 막느라 정신이 없는데 갑자기 리티가 그런 말을 해 온다.

『발렌, 지금까지 이 완드의 제대로 된 힘을 마나 증폭량이 대폭 늘어나는 것으로만 알고 있었지? 하지만 이 완드는 그것만으로 끝이 아니란다.』

'리티, 뭘 하려는 거예요?'

리티의 말이 무슨 의미인지는 모르지만, 발렌은 리티가 뭔가 심상치 않은 일을 벌이려 한다는 것을 느꼈다.

『보나바르에게 부탁해 내 생전의 힘을 이 완드에 봉인해 두었다. 설마 이 힘을 쓸 줄은 몰랐지만 네게 쓴다면 아깝지 않겠구나. 발렌, 나의 힘을 써 다오.』

'리티?'

어쩐지 리티의 말이 오묘하다. 발렌이 불안감을 느낀다.

『내 유언으로 고통받게 하여 미안하구나. 황제로서의 의무는 이미 죽어서 끝났지만, 죽어서 마지막으로 한 번 더 황제로서 백성들을 지키기 위해 너에게 걸어 볼까 한다.』

'리티!'

발렌은 리티가 벌이려는 일을 눈치채고 말렸지만, 이미 리티는 마음을 먹은 듯했다. 완드에서 빛이 발하기 시작한다. 발렌에게 막대한 힘이 쏟아진다. 비어 가던 그의 마나가 다시금 가득 차오른다. 서서히 완드에 금이 새겨지기 시작한다. 영혼이 담긴 사물이 파괴된다는 것은 그 영혼도 더 이상 머물 곳이 없어 사라진다는 뜻이다. 진정한 죽음을 맞이하는 것이다.

'리티, 그만! 그만하세요!'

그러나 리티는 멈추지 않았다. 발렌에게 힘이 더 불어난다. 그리고 리티의 마지막 목소리가 들려왔다.

『함께해서 즐거웠다, 발렌.』

그 말이 끝남과 동시에 손에 쥐어졌던 완드가 손잡이를 제외하고 산산이 박살난다. 산산이 부서진 나무 파편이 조각조각 흩어진다.

"바보 같은……."

발렌이 아득 이를 물었다. 그가 손잡이만 남은 완드를 움켜쥔 채 마나를 끌어모았다. 리티에게서 받은 모든 힘을 쏟아 내어 신의 철퇴에 다시 한번 대항했다. 마나와 신성력이 충돌하며 밝은 빛을 내뿜었다.

*　　　*　　　*

"이런 말도 안 되는……."

프리실라는 물론 메이어 신성 제국군 모두가 덜덜 떨었다.

막았다. 이 말도 안 되는 상황에 성녀는 입을 다물지 못한 채 발렌을 바라보고 있었다.

"헉, 헉."

발렌이 가쁜 숨을 몰아쉬었다. 어떻게든 막아 낸 것 같았다. 그러나 그의 몸도 꼴이 말이 아니었다. 손은 물론 얼굴에서도 화끈한 통증이 느껴졌다. 그 힘에 대항하면서 화상을 입은 것이다.

"이, 인간이 신의 철퇴를 막다니. 이런 있을 수 없는 일이……!"

마왕을 죽였다고 알려진 신의 철퇴를 한 명의 인간이 막았다. 그 힘을 방금 사용하여 잘 아는 성녀조차 믿을 수 없다는 표정이다. 몇 초만 막아도 굉장하다고 생각하는데, 그것을 완전히 막아 낼 줄이야. 상상도 하지 못한 일에 경악을 금치 못했다.

"자, 이제 궁지에 몰린 사람은 누구지?"

발렌이 씩 웃는다. 프리실라가 그제야 정신을 차린다. 실린건으로 무장한 바올라 제국군이 준비를 마치고 성 밖으로 나와 전열을 갖추며 이쪽으로 다가오고 있었다. 그 중심에는 엘리즈도 있었다.

신성 군단은 신의 철퇴를 사용하기 위해 희생되었고, 남은 병력은 여전히 살아 있는 발렌을 의식하고 있었다.

지금은 마나가 텅 빈 중상을 입은 마법사일 뿐이지만, 그가 신의 철퇴라는 힘에 맞서고도 살아 있는 것부터 인간이 범접할 수 있는 자가 아니라는 것을 의식했다. 그들은 신의 철퇴에 모든 것을 걸었다고 해도 과언이 아니다. 이미 전투 의지가 꺾였다.

비틀비틀.

발렌의 몸이 좌우로 비틀거린다. 쓰러지려고 하던 그를 레딘이 붙잡았다.

"고생했다, 발렌시아. 말 그대로 넌 영웅의 모습이었다."

발렌은 이미 기절했다. 그러나 그 얼굴에는 미소가 피어올라 있었다. 기사들이 다가와 발렌을 보호하고 레딘이 칼을 뽑는다.

"그대들에게 말한다. 무기를 버리고 투항하라!"

발렌은 기절했다. 그러나 모두 싸우기를 꺼려하는 듯 보였다. 이미 신성 군단은 신의 철퇴를 사용하기 위해 모두 희생되었다. 또한 발렌이 단신으로 달려들어 입은 피해도 무시하지 못했다.

메이어 신성 제국군은 지칠 대로 지쳐 있는 상황.

프리실라가 어떻게 해야 할지 몰라 미래를 엿본다.

아무리 명령을 내려도 듣지 않는 병사들, 전투를 계속하기 위해 독려하려는 지휘관조차 없는 그 모습을. 발타 공작이 용감히 맞서려고 앞장서서 돌격하지만, 그 이후 벌어질 일은 일방적인 아군들의 죽음밖에 보이지 않았다!

쿵―! 쿵―! 쿵―!

그리고 멀지 않은 곳에서 들려오는 북소리.

"나, 남바른 공작가에서 지원이 왔습니다!"

설상가상 후방에서 적의 지원이 오고 있었다.

'방도가…… 없구나!'

모든 미래가 프리실라의 패배 혹은 죽음으로 직결되어 있었다.

"황제 폐하!"

그때 누군가가 그녀의 앞으로 나섰다.

"세바스?"

"여긴 제가 막겠습니다."

세바스뿐만 아니었다. 검은 복장에 가면을 쓴 이들이 그녀를 지키는 방패처럼 서 있었다. 모든 이들이 절망하고 있어도 세바스만큼은 그녀를 지키기 위해 자신의 부하들을 이끌고 앞으로 나온 것이다.

"황제 폐하께서는 어서 병력들을 이끌고 후퇴하시옵소서."

이 병력들이 안전하게 후퇴하기만 하면 언제든 기회가 있다고 말하는 세바스. 그러나 프리실라의 표정은 어두웠다. 안전하게 후퇴했을 때 어떻게 될지 미래가 보인다.

백성들이 훗날 반란을 일으키는 미래가 보인다. 지금까지 억눌렀던 전쟁에 대한 분노를 전후에 쏟아 내는 그들의 모습이.

그러나 그녀는 자신이 있었다. 이들이 반란을 일으킨다 하더라도 그들의 반란을 억제하고, 막아 낼 자신이.

'그래, 피해를 최소화하자.'

프리실라는 결심했다. 어찌 되든 자신에게 불리한 미래라면 그것을 최소화할 방법이 있다. 그녀는 그것을 모두 타파할 자신이 있었다.

미래를 알고 있다. 그것은 앞으로 다가올 위기를 극복해 나갈 수 있는 힘이 될 것이다. 지금은 그 미래를 바꿀 힘을 비축해 둬야 했다.

"모두 무기를 버리세요."

"황제 폐하?"

세바스가 자신이 잘못 들었나 하여 그녀를 바라본다. 무기를 버리라니? 그 말은 항복하겠다는 뜻이었다.

"메이어 신성 제국의 황제로서 명합니다. 무기를 버리세요."

프리실라는 더 이상 싸울 뜻이 없다며 세바스에게 명을 내린다. 그가 이를 아득 물었다. 그러나 자신의 뜻과 다르다 하여 프리실라의 말을 거부하지 않았다.

세바스는 지금까지의 프리실라의 모습을 보며 많은 것을 배웠다. 이해하지 못한다 해도 그녀가 결정하는 일에는 반드시 어떠한 이유가 있었다. 이번에도 자신은 모르는 이유가 있으리라 보았다.

세바스는 허탈한 표정으로 검을 바닥에 떨어뜨렸다. 그를 시작으로 부하들도 무기를 버렸고, 뒤에 있던 병사들에게도 전염되었다. 무기를 버리는 소리가 주변으로 울려 퍼진다.

"언니……."

병사들이 모두 무기를 버리는 모습을 보고 엘리즈가 다가왔다.

"축하한다. 네가 이겼구나."

프리실라의 얼굴은 '이제 속 시원하니?'라고 말하는 듯한 얼굴이다. 이렇게 패배한 것이 분한 듯 보이는 프리실라. 지금까지 알던 그녀의 모습이 아니었다. 엘리즈는 그녀에게 더 이상 아무 말도 하지 않았다. 적에게 위로의 말을 건네기 모호한 입장이기도 했다.

"바올라 제국은 멸하지 않아."

"그건 모르는 일이란다."

"내가 그렇게 두지 않을 거야. 모든 것을 바꾸고, 위기를 헤쳐 나가겠어. 그래도 이 나라가 멸망한다면 역사의 운명에 맡겨야지."

프리실라가 침묵한다. 영원한 나라란 없다. 나라는 언젠가 멸망할 수 있고, 새롭게 나타날 수도 있는 것이다. 엘리즈는 황제로서 최선을 다해 그 운명을 뒤집으려 노력할 것이나, 그래도 안 된다면 받아들일 생각이었다.

프리실라가 엘리즈를 가만히 바라본다.

그녀에게서 미래를 보았다. 당연히 멸망하는 이 나라의 운명에 그녀도 희생될 미래이리라 생각했으나, 그것과 전혀 달랐다. 모든 이들에게 칭송을 받는 엘리즈의 모습과, 다시금 일어선 바올라 제국의 미래가 보인 것이다.

'미래가 바뀌었다고?'

믿기 힘들었다. 분명 그녀를 사로잡기 전만 해도 이 나라가 멸망할 운명이었다. 그런데 다시 보니 미래가 바뀌었다니?

"모든 걸 바꿔 나가겠어. 잘못된 것들을 모두 바꿔 나가겠어. 천 년의 제국은 쉽게 무너지지 않는다는 것을 보여 줄게."

엘리즈에게서 빛이 나는 것 같았다.

'내가 리즈에게 해 준 말로 인해 미래가 바뀐 건가?'

프리실라는 허탈한 웃음을 지었다.

"프리실라 여제를 정중히 모시도록 하세요."

그녀를 뒤따라오던 기사들이 말에 말에서 내렸다. 레딘이 근위 기사들을 대표해 예를 표했다. 그녀는 근위 기사들에게 인계되었다.

"남은 병력들은 어떻게 합니까?"

레딘이 적들을 바라보며 엘리즈에게 묻는다. 적들은 이미 싸울 의지를 잃고 자리에 주저앉아 있었다. 자신들이 패배했다는 것을 알기에 모든 걸 포기한 이들도 있었다. 다만 숫자가 너무 많았다.

발렌과 격전을 치르면서, 신의 철퇴에 휘말린 적군도 있기에 이전보다 많이 줄었지만, 그 수가 아직도 몇 만이 넘었다. 이들을 전부 어떻게 처리해야 할지 레딘도 난감한 표정을 짓고 있는데, 엘리즈가 명했다.

"그들은 비록 적이지만 강제로 징병된 자들입니다. 그들을 박해하는 행위는 용납하지 않겠습니다. 나라 전역의 포로수용소로 보내도록 하세요. 훗날 포로 교환을 하도록 하죠."

그녀의 명령에 레딘이 고개를 숙였다. 길고 치열했던 제국 전쟁이 끝이 났다.

Epilogue

약 5년간 지속된 제국 전쟁은 바올라 제국의 승리로 돌아가게 되었다. 프리실라 여제는 항복 문서에 조인했다. 메이어 신성 제국군은 점령했던 제이메드 왕국에서도 철수해야 했으며 막대한 전쟁 배상금을 물어야 했다. 항복 문서를 체결하고 다시 본국으로 돌아갈 수 있게 된 프리실라 여제는 서둘러 전후 수습에 나섰지만, 그녀가 돌아왔을 때 메이어 신성 제국은 반란으로 들끓어 있었다.

오랜 전쟁으로 피폐해진 메이어 신성 제국은 모든 나라들에게서 신용을 잃게 되어 외교적으로 고립된 상태였다. 그 어떤 나라도 메이어 신성 제국을 도우려 하지 않았으며 반란군을 지원하는 나라도 있었다.

전쟁으로 많은 인력을 소모한 메이어 신성 제국군은 반란군을 막을 힘이 없었다. 심지어 일부 군 세력이 반란군과 합류하여 더더욱 위기에 빠졌다. 이로 인해 메이어 신성 제국은 여러 나라로 쪼개지게 되었다.

제국의 곳곳을 장악했던 메이어 신성 제국의 알테미아 교단도 반란군의 표적이 되어 박해를 받아 대학살이 벌어지게 되었다. 이로 인해 메이어 신성 제국의 광신적인 알테미아 교단은 역사 속으로 사라지게 되었다. 메이어 신성 제국은 더 이상 신성 국가도, 제국도 아닌 메이어 왕국이 되었다.

프리실라 여제는 메이어 신성 제국 시절의 영광을 되살리고자 많은 노력을 하였지만, 그녀도 더 이상 어떻게 할 수 있는 상황이 아니었다. 제국 전쟁의 패배로 인한 스트레스와 과도한 업무에 프리실라 여제는 결국 전쟁이 끝난 지 4년 만에 과로사하고 만다.

사후 아비안 황자과 아비스 황녀가 서로 황제의 자리를 놓고 대립하게 되면서 나라가 동서로 분단이 되어 메이어는 사실상 역사의 뒤편으로 사라질 운명이 되었다. 그러나 몰락해 가는 메이어 신성 제국과 다르게 바올라 제국은 눈부신 발전을 이루게 되는데……

　　　　＊　　　＊　　　＊

　5년 후. 전쟁이 끝나고 평화가 찾아오며 마이셀 공작령은 눈부실 정도로 발전하고 있었다. 마을이던 곳이 어느새 도시로 발전했으며, 알레하그라에 만들어진 마을은 관광객들로 북적이고 있었다. 또한 아샤가 무역 관리인으로 있으면서 진가를 발휘하여 타국과의 거래에서 많은 이익을 남겼다.

　전후 복구 사업에 많은 돈이 들어가고 있지만, 어마어마한 무역량을 자랑하는 바올라 제국은 다시금 일어설 준비를 하고 있었다.

　"젊은 친구! 이거 내가 새로 만들어 낸 걸작이야! 자네에게 보여 주려고 직접 왔지 뭔가!"

　"포드 아저씨. 최근 잘 안 보이시더니 또 뭔가를 만들고 계셨나요?"

　저택 밖을 돌아다니고 있던 발렌에게 포드가 걸어오고 있었다. 그 뒤에 천으로 가려진 뭔가가 있었다. 대충 눈에 보이는 윤곽만 보면 동상 같았다.

　"설마 동상은 아니죠? 제 동상은 알레하그라에 있는 것만으로 충분하니까 그거 얼른 녹여서 다른 걸 만들어 주세요."

"어허, 무슨 섭섭한 소리를. 내가 말했지 않나. 걸작이라고! 내가 말하는 걸작의 의미가 뭔지 모르는 건 아니지?"

"설마 마도구에요?"

3~4미터는 될 엄청난 크기의 마도구라고 생각하니 좀처럼 상상이 되지 않았다. 포드가 허리에 손을 짚으며 자랑스럽게 가슴을 폈다.

"비슷하지. 근데 지금까지와는 차원이 다를걸? 자, 천을 걷어 보시게!"

포드의 말에 함께 온 공방의 직원들이 천을 걷어 낸다. 천을 걷어 내자 보인 것은 철갑으로 둘러친 것이었다.

"뭐죠? 골렘인가?"

"맞아. 옛날 고대에 만들어진 던전을 지키기 위해 마법사들이 만들어 놓은 골렘과 비슷한 녀석이지. 차이점이라면 이건 기갑으로 무장했고, 사람이 직접 타서 조종하는 거라는 점이야. 난 이걸 기갑거병이라 이름을 지었어."

포드가 손을 휘젓자 옆에 있던 자가 기갑병 안으로 들어간다. 기갑병의 눈에서 푸른빛이 나더니 움직이기 시작했다.

"오오?!"

발렌은 저런 육중한 물체가 정말 움직이리라고는 상상도 못했기에 감탄이 나왔다. 발렌이 놀라자, 포드가 크게 웃으며 자랑한다.

"봐, 이 웅장하고, 단단한 몸체! 물론 아직 초기 단계라 움직임이 어설프긴 하지만, 조금 더 보완해 나가면 나아질 거야. 화살은 물론 실린건에도 뚫리지 않는 장갑으로 무장 했다고! 대형 실린더도 어느 정도 버틸 수 있고 말이지!"

"또 전쟁 무기인가요? 이제 전쟁은 지긋지긋한데."

"무슨 소리. 물론 전쟁에 이용할 수 있긴 하지만, 평시에 는 사람이 들기 힘든 것들을 나르는 데 사용할 거라고. 집 을 짓거나, 성벽을 만들거나. 이거 하나만 있으면 백 명의 인부가 처리할 일을 거뜬히 할 수 있을 것 같지 않나?"

확실히 저 덩치가 움직일 정도면 힘도 꽤 좋을 것 같다. 성벽처럼 무거운 돌덩이를 나르는 일을 할 때에도 별로 힘 도 들이지 않으리라.

"확실히 괜찮아 보이네요."

"괜찮아 보이는 정도가 아니지. 나중에 이걸 수도에 보 내서 그 가능성을 설명할 생각이야."

"잘되시길 빌어요."

발렌이 진심으로 기원하며 축복을 빌어 주는 그때였다.

"아빠!"

자그마한 아이가 아장아장 뛰어온다. 갈색 머리의 자홍 색 눈동자를 가진 남자아이. 데니안 디 마이셀. 발렌의 아들이었다. 그 뒤에는 이바나가 불안한 표정으로 소리쳤다.

"데니안, 넘어지지 않게 조심하렴!"

아니나 다를까, 데니안이 넘어졌다. 데니안의 눈가에는 눈물이 그렁그렁 맺혔으나, 울음을 꾹 참고 발렌에게 다가와 안겼다. 발렌이 미소를 지으며 데니안을 안아 들었다.

"우리 아들 씩씩하네. 넘어져도 울지 않고. 누굴 닮은 걸까?"

발렌에게 온 이바나가 입을 열었다.

"나를 닮아서 그런 거지."

"이럴 때는 아빠 닮았다고 해야 하는 거 아냐?"

"퍽이나."

이바나가 장난스럽게 웃는다. 발렌은 피식 웃으며 데니안을 안았다. 그들은 전쟁이 끝나고 2년 만에 혼인을 하여 같이 살고 있었다. 이바나는 눈앞에 보이는 기갑병을 보고 감탄했다.

"포드 공방장님. 드디어 만들어진 건가요?"

"하하! 귀족 아가씨도 기대 많이 했지? 우리들의 최고 걸작이라고!"

이제 결혼까지 했으니 아가씨라고 불리기에는 어폐가 있지만, 포드의 호칭은 전혀 변함이 없었다.

"우리? 당신도 함께 만든 거였어?"

"물론이지. 저걸 포드 공방장님 혼자서 만들 수 있을 것 같아?"

뭘 당연한 걸 묻느냐는 듯 바라보는 이바나. 그녀는 저 덩치를 움직일 만한 힘을 어떻게 낼 수 있는지 연구하고, 내부에 장착할 핵을 만드는 연구를 했다.

기갑병에 대한 설명을 들었지만 직접 보는 것은 처음인 듯했다.

"그나저나 당신. 머리색은 안 돌아올 것 같아?"

백발이 된 발렌의 머리카락을 묻는 것이다.

"글쎄, 머리색은 안 돌아오나 봐."

발렌은 백발이 된 자신의 머리를 바라보았다. 신의 철퇴를 막아 내고 기절을 한 발렌. 마나 폭주로 인한 부작용으로 몇 달을 앓아누워야 했다. 그는 운이 좋게도 리티가 마지막으로 준 힘을 일부 흡수하면서 잃어버린 수명을 대부분 되찾을 수 있게 되었다. 그러나 힘을 흡수하던 기간이 너무 길었다. 완전히 백발이 되어서야 힘을 완전히 흡수할 수 있었는데, 그 이후로 더 이상 머리색이 돌아오지 않았다.

"당신은 갈색 머리가 더 잘 어울리는데."

이바나가 아쉬운 듯 한숨을 내쉬었다. 발렌은 미소를 지으며 그녀의 허리에 손을 올려 자신에게 끌어당겼다.

"왜? 그래서 나 싫어졌어?"

"아니 딱히 그런 건 아니고."

"그런 건 아닌데?"

발렌이 장난스럽게 천천히 얼굴을 가까이 가져다 댔다. 그 모습을 보고 있던 포드가 헛기침을 했다.

"크흠! 젊은 친구, 여전히 신혼처럼 알콩달콩한 모습은 보기 좋은데, 주변을 둘러볼 필요가 있지 않을까? 왜 부끄러움은 남의 몫인가?"

발렌이 하하 웃었다.

"참, 최근 알게 된 사실인데, 레딘과 폐하께서 서로 자주 만난다고 해."

"정말? 그런데 그걸 말해도 되는 거야?"

"이미 전국에 소문이 다 난 상황이라서 말이야. 아마 모르는 건 당신뿐일걸? 당신은 관심 없는 정세에 좀 어둡잖아."

발렌이 포드를 바라본다. 포드는 이미 알고 있다는 듯 고개를 주억이고 있었다. 정말 그 사실을 모르는 건 자신뿐인 듯 보였다.

"황실과 남바른 공작가에서 합심해 대규모 연회를 준비한다는 소식도 있고 말이지. 많은 귀족들이 연회가 아니라 혼인식을 준비한다는 추측이 지배적이야. 폐하께서는 아무 말씀도 없으시지만 딱히 부정은 안 하셔."

"잘됐네."

엘리즈와 레딘이 혼인을 한다니. 정말 놀랄 만한 일이다. 전쟁이 끝나고 후계자 문제를 해결해야 해서 혼인을 추천했는데, 결국 레딘과 이어진 모양이다. 남바른 공작가도 이로 인해 거의 축제 분위기일 것이리라 생각했다.

"그럼 선물은 뭐로 줘야 할까?"

고민이 깊어진다. 발렌과 이바나가 고민을 한다. 딱히 떠오르는 건 없지만 차차 생각하기로 한다.

"포드 아저씨, 이거 얼른 치워야 하지 않을까요? 사람들의 눈이 너무 쏠렸는데요."

"음? 아, 그렇군. 통행에도 방해되니 치우도록 하지. 기갑병을 공방으로 이동해 주게나!"

포드가 기갑병에 타고 있는 직원에게 말하자, 곧장 공방으로 방향을 돌려 기갑병을 움직였다. 참 요란하게 간다 싶었다. 사람들이 신기한 듯 기갑병을 뚫어져라 바라보고 있었다.

"저걸 보자니 정말 연금술이 발전하는 게 보이긴 하네요."

"말도 안 되게 변화하고 있지. 세상이 달라지고 있는 기분 아닌가?"

발렌이 긍정의 표시로 고개를 주억였다. 실제로 근 5년간 작은 것들이 변화하며 세상이 달라지고 있었다. 엘리즈도 바올라 제국의 뿌리를 갉아먹고 있던, 황위 계승권을 두고 다투는 문제를 해결하고자 황위 계승 암투 금지법을 재정하는 동시에 민심을 보살피는 일도 했다.

유배된 귀족들이 반란을 일으키려고 했으나, 백성들의 제보가 들어와 그곳의 영주가 귀족들을 모두 처단하면서 반란을 저지할 수 있었다.

선군을 얻으니 나라가 변화하고 거기에 연금술과 공학이 합쳐져 마도 공학의 시대를 열고 있었다. 국력도 배가 되어 그 어떤 나라보다도 빠르게 발전하고 있는 바올라 제국. 앞으로도 바올라 제국은 이 대륙의 용처럼 군림하게 것이다.

"참, 포드 아저씨, 오늘 저녁에 같이 식사하실래요? 마침 아버지와 어머니도 오랜만에 포드 아저씨 보고 싶다고 하셨는데."

"오, 그래? 그렇다면 가야지! 물론 술도 단단히 준비해 주는 거지?"

"물론이죠."

"이거 기대가 되는군! 술 잔뜩 준비해 둬야 할 거야! 코가 삐뚤어지도록 마실 거니까!"

포드가 껄껄 웃었다. 이바나와 함께 저택으로 가는 도중 그들 옆을 지나가는 이들이 있었다. 후드를 깊게 눌러 쓴 이들. 한 인물은 남성으로 보이며 후드 사이로 금발이 살짝 보였고, 다른 한 명은 여성의 체구로 보였다. 그리고 그의 옆을 지나치는 순간이었다.

"고맙네, 마이셀 경."

그 말을 듣고 발렌이 고개를 뒤로 획 돌렸다. 그러나 그곳에는 아무도 없었다.

"왜 그래?"

아주 잠깐이었지만 낯익은 얼굴과 목소리였다. 단순히 기분 탓일 수도 있지만, 기분 탓이 아닌 것 같았다.

"아니, 아무것도 아니야."

발렌이 작게 미소를 지으며 이바나를 자신에게 끌어당기며 저택으로 향한다. 그리고 그들을 멀리서 지켜보던 후드를 깊게 눌러쓴 금발의 청년은 그 모습을 보며 미소를 지었다.

"가자꾸나."

"예, 아루스 님."

그들이 몸을 돌려 길을 따라 이동했다. 서로 가는 길은 다르지만 축복해 주듯 바람이 불어와 그들의 주위를 맴돌았다.

〈완결〉

작가 후기

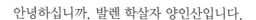

안녕하십니까. 발렌 학살자 양인산입니다.

지금까지 제가 쓴 소설 중 주인공이 계속 죽음을 맞이하는 경우는 이번이 처음이네요. 대부분 소설이 그렇듯 주인공은 어떤 위기 상황에서도 빠져 나오지만, 발렌은 위기 상황에 처하면 일단 죽는 주인공이 되었습니다. 그 때문에 둔재라는 제약을 걸어 두었습니다. 일단 죽어야 리셋을 제대로 활용할 수 있기에 함부로 강해지기 힘들었고, 3권에서 휴가를 가서야 강해질 수 있었습니다. 강해져도 죽어야 리셋이라는 조건을 이용해 이야기를 풀어 나갈 수 있었기에 한 권에 한 번의 죽음으로 가닥을 잡게 되었습니다. 그리고 막바지에는 드래곤도 때려잡을 만큼 강해져서 존재감이 미친 듯 발휘되었네요.

이 소설을 집필하면서 발렌을 고통 줄 방법에 대해 많이 연구했습니다. 그러면서 매 권마다 행동에 조금씩 변화를 주었습니다. 처음에는 보나바르가 남긴 마법서를 보고 망설이던 발렌이 대영웅과 같은 영광을 얻을 수 있다는 말에 넘어가고야 말았습니다. 모든 사람들이 그렇듯 발렌도 어느 정도 영광을 얻고 싶을 거라고 생각하여 넣은 행동입니다. 그러나 리셋을 반복하며 고통을 받기 시작하자 그 생각을 깔끔하게 접었고, 평범한 생활을 원합니다. 하지만 여러 복합적인 사건에 휘말리게 되었고, 고통은 계속 이어집니다. 그러면서 인연이 생기고, 영주라는 짐이 추가되었지요. 중간을 보지 않고 처음과 끝만 보시면 엄청난 괴리감이 느껴질 겁니다. 처음에는 죽음을 두려워하던 녀석이 어느 순간 자폭까지 하고, 자신을 위해 어쩔 수 없이 행동에 나선 것과 반대로, 지금까지 얻은 소중한 것을 위해 더 이상 리셋이 되지 않음에도 스스로의 의지로 죽음을 마다하지 않고 나섰습니다. 이바나가 자신의 목숨을 함부로 하지 말라고 정신 차리라는 의미로 따귀까지 때렸는데, 끝까지 말 안 듣는 주인공이 되겠습니다.

제가 마탑의 사서를 집필하면서 느낀 가장 큰 어려움은 어떻게 주인공을 죽일지도 생각해야 한다는 것입니다. 어떻게 하면 잘 죽일 수 있을까, 불에 태워 죽일까, 익사하게 해서 죽일까, 이렇게 죽일까, 저렇게 죽일까. 지금까지 책을 집필한 이래 주인공을 죽이는 걸 생각한 적이 없어서 참 많은 고민을 하게 만든 것이 마탑의 사서가 되겠습니다.

처음 이 소설의 의도는 주인공이 죽으면 독자님들이 불쌍히 여겨 저를 욕하는 것이었는데, 반대로 주인공이 죽기를 바라는 반응으로 가득해서 굉장히 당혹스러웠던 기억이…… 독자님들이 그만 죽이라고 욕해도 발렌이 죽는 건 변함이 없을 테지만요.

주인공이 오랫동안 위저드급 마법사에 머물 수 없고 최후의 결전도 준비해야 하니 강해질 필요가 있었습니다. 알레하그라 전투를 생각한 것은 대충 6권쯤 되겠습니다. 소재가 떨어진 것도 있었지만, 주인공이 계속 죽어서 성숙해지면 너무 무덤덤하게 달려들 것 같아 죽음을 아꼈습니다. 그리고 시기를 재던 도중에 10권에서야 정말 말 그대로 미친 죽음을 맞이할 수 있었습니다.

마탑의 사서는 사실 세 가지로 분류해서 생각해 낸 소설입니다. 장인전생 집필을 마치고 '리스타트(Restart)'라는 제목의 소설을 집필하기 시작했는데, 똑같은 리셋 소설이었습니다. 말 그대로 다시 시작한다는 제목이지요. 다만 배경이 현대이고, 헌터물이었지요. 그런데 제가 쓰면서 지루하다 느껴 갈아 엎기로 했고, 이 소재를 판타지로 옮겼습니다. 그중 나온 것이 두 가지인데, '리셋로드'와 '마탑의 사서'였습니다. 참고로 리셋로드의 주인공 이름은 마탑의 사서 주인공과 똑같은 이름이지만, 풀네임은 발렌시아 폰 세인브리트입니다(처음 쓸 당시 리셋로드나 마탑의 사서에 등장하는 나라는 세인브리트가 국명이었습니다).

형이 두 명이나 있는, 사내 냄새 풀풀 풍기는 집안의 막내아들 설정이었죠. 암투에서 승리해 형제들을 죽이고 멘탈이 부서져 방황하다가 마음을 다잡고 스스로 황태자인 입장에서 나라를 구하는 내용이었습니다. 마탑의 사서처럼 고통을 받는 건 같지요. 하지만 마탑의 사서와 나란히 놓고 무엇을 써야 할지 고민을 하게 되었고, 결국 마탑의 사서를 쓰기로 결정했습니다. 그런데 쓰는 도중 리셋로드의 설정이 아까워 그곳의 주인공을 마탑의 사서로 가지고 오게 되었습니다. 예, 대충 예상하신 대로 리셋로드 주인공은 마탑의 사서에서 아루스란 이름으로 넣게 되었습니다.

 넣은 것까지는 좋았으나 아루스가 너무 활약하는 느낌이 들고, 발렌의 존재감이 너무도 작아진다는 느낌이 들었습니다. 그 때문에 아예 가벨의 일로 모험을 떠나게 하기로 결정했습니다. 나중에 등장시켜 볼까 생각하기는 했으나, 다시 등장하면 주인공의 존재감이 분산될 것 같아 미련을 없애려고 아예 등장시키지 않다가 마지막에 작게 등장시켰습니다.

 여담은 여기까지 하고, 차기작은 구상 중입니다. 아직 무슨 소재로 써야 할지 생각하지 못한 상황입니다. 짧으면 3일, 길어도 일주일의 휴식을 갖고 천천히 구상을 할 생각입니다. 차기작이 연재되려면 시간이 필요할 것 같습니다.

 12권이라는 적지 않은 권수 동안 정신도, 육체도, 재능도 약해 빠진 발렌을 지켜보며 물 없이 고구마를 드신 독자님들께 사과와 감사의 인사를 드리며 이만 물러가도록 하겠습니다. 차기작에서 뵙겠습니다!

2017년 6월.

양인산 배상